Gabriela Linden
Der Plan

© 2010
Gabriela Linden
Alle Rechte, auch die der auszugsweisen
Vervielfältigung, gleich durch welche Medien,
der Autorin vorbehalten

ISBN 978-3-89801-330-7

Produktion: Rhein-Mosel Verlag
Brandenburg 12, 56859 Zell/Mosel
Tel. 06542/5151 Fax 06542/61158
Ausstattung: Cornelia Czerny
Korrektor: Thomas Stephan
Druck: Siebengebirgs-Druck, Bad Honnef

Gabriela Linden

# Der Plan

– Tatort Temmels –

»Zweifle nie daran, dass eine kleine Gruppe engagierter Menschen die Welt verändern kann. Es ist die einzige, die es jemals geschafft hat.«

Margaret Mead

*Für meine Fraktion und unsere Unterstützer/Innen –
es war und es ist mir eine Ehre, mit euch zu diskutieren und zu arbeiten.*

Zu diesem Kriminalroman hat mich das politische Tauziehen um die Verwirklichung eines Golfparkes auf dem nahe der luxemburgischen Grenze gelegenen Fellericher Plateau inspiriert. Dennoch handelt es sich um eine fiktive Geschichte, deren Handlung frei erfunden ist. Ähnlichkeiten mit lebenden Personen und realen Handlungen sind rein zufällig.

**Prolog**

Er hatte alles geplant. Bis aufs Kleinste. Sorgfältig. Geduldig. Wieder und wieder war er alles durchgegangen. Hatte das Für und Wider des Plans abgewogen. Sein Alibi. Penible Planung, sein Markenzeichen. Keine Fehler. So wie immer. Er hasste es kurzfristig umdenken zu müssen. Und doch musste er genau das tun. Im letzten Moment riss er das Lenkrad zur Seite. Um ein Haar hätte er das Streichholz übersehen. Auch gut. Kein wirklicher Fehler. Kein wirkliches Problem. Den ersten Punkt auf seiner Liste konnte er abhaken. Für einen zufälligen Beobachter war er lediglich einem Hindernis ausgewichen.

**Donnerstag, 22. Mai 2008 - 23.20 Uhr
Kreuzung B 419 / L 136 Temmels**

»Haben wir schon einen Namen?«

Kriminalhauptkommissar Rainer Renn, gerade mal einen Tag aus dem Urlaub zurück, die Koffer noch nicht richtig ausgepackt, blickte fragend in die Runde. Ein Autofahrer hatte gemeldet, an der Kreuzung B 419/L 136 in Temmels, mitten auf der Straße, liege ein Toter. Renn kannte das Dorf Temmels hauptsächlich vom Fahrradfahren. Im Sommer und im Winter war die Strecke Trier-Grevenmacher-Trier eine seiner Trainingsstrecken. Die Strecke bot sich förmlich an, zu jeder Jahreszeit gut befahrbar, nicht zu lang und nicht zu kurz, und, was das Wichtigste war, die Wochenenden einmal ausgenommen, mit wenig Betrieb. Während der Hinfahrt hatte Renn überlegt, was er sonst noch von Temmels wusste. Nicht viel, musste er sich eingestehen. Das Dorf lag an der Mosel, etwa drei Kilometer vom Grenzübergang Grevenmacher entfernt. Er hatte mitbekommen, dass die letzte Deutsche Weinkönigin, oder war es die vorletzte, aus Temmels kam. Er konnte sich noch an die Fotos erinnern. Eine gut aussehende junge Dame, die scheinbar mühelos alle Konkurrentinnen aus dem Feld geschlagen hatte und die mit viel Charme und glaubhaft, wie er von seinem Freund Meiner wusste, als Repräsentantin des Deutschen Weins in der ganzen Welt unterwegs war. Die Moselregion und der Wein, das war ein ganz eigenes Thema, das zu den Steckenpferden seines Freundes gehörte. Sicherlich konnte er Renn auch mehr über Temmels erzählen. Renn nahm sich vor, im Internet näheres über Temmels zu recherchieren.

Von Trier-West aus, wo er sich vor Jahren ein kleines, günstiges, damals allerdings völlig heruntergekommenes Haus gekauft hatte, war er nach gut zwanzig Minuten am Tatort eingetroffen. Nachts war eben vieles scheinbar einfacher, auch das Autofahren. Er war um 22.59 Uhr informiert worden.

Den Mord gemeldet hatte der 49-jähriger Krankenpfleger, Alfons Tanne aus dem Nachbarort Wellen, der von der Spätschicht auf dem Weg nach Hause war. Gerade erst angekommen, hatte Renn noch nicht mit dem Mann gesprochen. Der Tatort war schon vollständig abgesperrt. Er sah altbekannte Gesichter unter den Kollegen und trotz der späten Stunde hatten sich schon einige Zuschauer eingefunden.
»Du hier, ich dachte, du bist noch im Urlaub?«, fragte Professor Kaiser, der zuständige Pathologe, der gerade dabei war, den Toten in Augenschein zu nehmen.
»Was willst du machen?«, erwiderte Renn, »Hai und Albrecht auf Fortbildung bis einschließlich heute. Schmitta und Grön sind kurzfristig eingeladen zum Kirchberg in Luxemburg; Thema internationale Zusammenarbeit.«
»Also macht es der Chef selbst, klar. Kenne ich, bei mir ist es nicht anders. Mein Assistent treibt sich im Moment auf Mallorca rum. Irgendetwas machen wir anscheinend falsch. Also, zur Sache«, begann Kaiser in seiner ihm eigenen Art. Er hatte die Angewohnheit, langsam und bedächtig zu reden, so, als wäre jedes seiner Worte für die Ewigkeit bestimmt.
»Der Tote heißt Martin Anton, 48 Jahre, Schlossermeister. Wohnhaft in Temmels, Bahnhofstraße 25 B, im ehemaligen alten Feuerwehrhaus, wie ich mir habe sagen lassen. Sein Ausweis, der Führerschein und die Geldbörse mit Inhalt, 78,26 Euro, alles noch vorhanden. Also kein Raubmord wie es aussieht. Gestorben ist er durch eine Kugel, Eintritt an der rechten Schläfe, direkt neben dem Auge. Wahrscheinlich ein Revolver, die Ballistiker werden uns sicher bald genaueres sagen können. Entfernung des Schützen zum Opfer schätzungsweise fünf bis acht Meter. Der Mann war sofort tot. Keine Spuren eines Kampfes. Präziser Schuss, saubere Arbeit. Nach der Körpertemperatur und der Außentemperatur zu

urteilen ist er höchstens eine Stunde tot, ich tippe eher weniger. Wenn du mich fragst, das war ein Profi.«

Renn wunderte sich schon lange nicht mehr über Kaisers schnelle Diagnosen. Den Professor, oder Prof, wie er genannt wurde, kannte er schon seit Jahren und er schätzte seine kompetente und sachliche Vorgehensweise. Kaiser war ein ruhiger Typ, wirkte fast gemächlich wenn er sprach. Er war klein, hatte dunkle glatte Haare, in denen sich, obwohl Kaiser die vierzig noch nicht überschritten hatte, schon einige graue Strähnen breit gemacht hatten. Bei einer Größe von 1,55 m brachte er gut 80 kg auf die Waage. Und da er unter Abnehmen ein Dessert anstelle von zwei verstand, stand eine Gewichtsreduzierung nicht wirklich zur Debatte. Renn hatte sich von Anfang an nicht von Kaisers Äußerem täuschen lassen, ganz im Gegensatz zu manch anderen Kollegen. Hinter der gemächlichen Fassade arbeitete ein messerscharfer Verstand, dem selten etwas entging. Und Renn hatte es noch nicht erlebt, dass Kaiser seine erste Einschätzung revidieren musste.

»Guten Abend. Entschuldigung für die Verspätung, bin nicht eher weggekommen. War gerade meinen alten Herrn und einige seiner Wanderfreunde zur Grillhütte nach Wiltingen abholen. Ihr wisst ja, dienstags und donnerstags ist dort Skatabend«, ließ sich eine Stimme aus dem Hintergrund vernehmen. Es war Bernd Meiner, ein Kollege von Renn, seit kurzem ebenfalls Kriminalhauptkommissar und außerdem sein bester Freund. Meiner wohnte mit seinem Vater und seiner Lebensgefährtin in Konz-Berensborn, nur wenige Minuten von Temmels entfernt und hätte also theoretisch vor Renn am Tatort sein müssen.

»Du vermutest also Profiarbeit, Prof. Was ist mit der Beule auf der Stirn?«

Professor Kaiser, der Meiner ebenfalls schätzte und zu dem er ein gutes kollegiales Verhältnis hatte, musste grinsen.

»Guten Abend, der frisch gebackene Herr Hauptkommissar. Die Ungeduld in Person, wie immer. Herzlichen Glückwunsch erstmal. Soviel Zeit muss sein. Jetzt zu deiner Frage. Die Beule hat er sich beim Hinfallen zugezogen. Ein ganz präziser Schuss, der Mann war vermutlich schon tot, bevor er auf dem Boden aufschlug. Nach dem, was uns Alfons Tanne erzählt hat, und nach der Lage des Toten hier auf der Kreuzung kam er vermutlich die Kirchstraße hoch, von dem Gasthaus unten an der Mosel, das kenne ich. Das Gasthaus ist mein Rettungsanker nach dem sonntäglichen Fahrradfahren. Ich sitze im Sommer oft mit meiner Frau und den Kindern auf der Terrasse. Meine Frau schwört auf den guten Kuchen dort. Und meine Frau ist in Sachen Kuchen eine Expertin, das wisst ihr ja. Also, er kam von unten hoch und wurde mitten auf der Kreuzung erschossen.«

»Alfons Tanne, der als erster am Tatort war und den Notruf getätigt hat, sagt weiter, donnerstags sei dort immer Würfelabend. Er weiß das so genau, weil er, wenn er nicht gerade Spätschicht hat, ebenfalls mit von der Partie ist. Der Tote ist ein guter Freund von ihm«, ließ sich Polizeimeister Rauter vernehmen. Seine Leute hatten den Tatort weitläufig abgesichert und waren dabei, von den aus allen Richtungen kommenden Schaulustigen die Personalien aufzunehmen und sie nach Hinweisen zu befragen. Rauter war für Renn ebenfalls ein bekanntes Gesicht. Er hatte den Polizeimeister als einen erfahrenen, sachlichen, allerdings wenn nötig auch konsequenten und harten Polizisten kennen und schätzen gelernt. Wie sich herausstellte, war Rauter mit seinem Kollegen als erster am Tatort angekommen. Rauter sah auf seinen Notizblock und sagte:

»Nach Aussage von Alfons Tanne lebte Martin Anton alleine. Die Eltern sind schon verstorben, er hat noch eine Schwester, die mit ihrem Mann und dem neunjährigen Sohn in Mannebach lebt. Der Prof will sie benachrichtigen.«

Professor Kaiser nickte zustimmend.

»Wenn sie den Zeugen suchen, er ist im Augenblick bei den Sanis«, fuhr Rauter fort. »Das Ganze hat ihn offensichtlich schwer mitgenommen. Der Mann ist total erschüttert. Das ist alles, was wir bisher an Zeugenaussagen haben, aber meine Leute sind dran. Alfons Tanne hat niemanden gesehen, als er ankam, auch kein Auto. Die ganzen Menschen hier«, er wies auf die Zuschauer, »sind erst nach und nach gekommen. Spricht sich eben schnell herum in so einem kleinen Dorf. Wir haben die B 419 bis auf weiteres in beide Richtungen gesperrt«, beendete er seinen Bericht.

»Noch was«, fügte Rauter noch hinzu. »Martin Anton hatte neben seinen persönlichen Sachen einen Schlagring in der Tasche.«

»Danke Rauter, gute Arbeit«, antwortete Renn anerkennend. Dann wandte er sich an Kaiser. »Nochmal, du willst also sagen, er ist beim Überqueren der Straße, so etwa in der Mitte, von der Kugel getroffen worden?«

»Genau, er ist nur bis zur Straßenmitte gekommen. So wie es aussieht, ist der Mann völlig überrascht worden. Wie gesagt, schätze ich, dass der Schütze aus ungefähr fünf bis acht Metern Entfernung geschossen hat. Ich denke, dass sich das auch nach den weiteren Untersuchungen bestätigen wird. Ich weiß, woran du denkst. Es ist nicht viel Deckung für den Täter da. Da«, Kaiser zeigte nach rechts, Richtung Blumenladen, »etwa von dort, von der Einbuchtung aus, in der Nähe des Bushäuschens. Dort könnte der Schütze theoretisch auch gestanden haben. Die Spurensicherung waltet schon ihres Amtes. Wie gesagt, auf den ersten Blick keine Kampfspuren, keine weiteren Verletzungen außer durch den Sturz.«

Die Männer der Spurensicherung waren zeitgleich mit dem Pathologen eingetroffen. An der Kreuzung gab es zwar zwei Straßenlaternen, eine auf der Seite des Blumenladens, die jedoch offensichtlich kaputt war, und eine diagonal dazu auf der anderen Straßenseite neben der Einfahrt zu der Metzgerei. Deren Licht war für ihre Arbeit jedoch nicht ausreichend. Die Kriminaltechniker hatten daher zwei riesige, schwenkbare Scheinwerfer montiert und suchten konzentriert die Umgebung nach verwertbaren Spuren ab. Die Männer in ihren weißen Schutzanzügen, mit den weißen Überschuhen und ihrer ruhigen, zielgerichteten Vorgehensweise bildeten einen krassen Gegensatz zu der immer größer werdenden Gruppe der Zuschauer, bei denen sich zunehmend Unruhe breit machte.

»Mitten auf der Kreuzung«, nahm Meiner den Faden wieder auf. »Ein Radius von fünf bis acht Metern. Gibt als Deckung für den Täter wirklich nicht viel her.«

Meiner schaute sich um.

»Wo könnte der Täter Deckung gesucht haben, in einem parkenden Auto vielleicht?«

»Zum Beispiel. Wie du schon sagtest, so viele Möglichkeiten gibt es hier nicht«, ergänzte Kaiser. »Nur, dass hier kein Auto steht. Sofern sich der Täter nicht breitbeinig und gut sichtbar auf die Straße gestellt hat, um von jedem gesehen zu werden, muss er sich irgendwo versteckt haben. Rauter hat mir schon klar gemacht hat, dass hier nachts nicht so sehr viel los ist, ganz im Gegensatz zu tagsüber.«

»Das bedeutet, dass ein parkendes Auto unter Umständen den Nachbarn aufgefallen wäre. Warten wir auf die Aussage der Anwohner. Oder der Spurensicherung. Die Jungs sind gründlich. Möglicherweise finden sie etwas, obwohl das nach dem Regen schwieriger ist. Wir müssen uns beeilen, bevor nochmal ein Schauer niedergeht«, sagte Renn. »Vorläufig vielen Dank meine Herren. Ich denke, Bernd, wir reden jetzt mit unserem Zeugen.«

Der Rettungswagen stand direkt vor dem Blumenladen. Alfons Tanne saß in der Eingangstür auf dem Treppenabsatz des Geschäftes und starrte vor sich hin. Die Sanitäter hatten ihm eine Decke umgehängt, aber der Mann schien trotzdem noch zu frieren. Er hatte eine Halbglatze, eine Brille und auffallend große Hände. Er musste auch sehr groß sein, denn obwohl er auf dem Treppenabsatz saß, reichte er Renn bis an die Brust.

»Guten Abend, Herr Tanne. Mein Name ist Renn, Kriminalhauptkommissar, und das ist mein Kollege, Kriminalhauptkommissar Meiner. Wir hätten noch ein paar ...«

»Ich kapier das nicht«, wurde Renn von Tanne unterbrochen. »Wer macht denn so was? Die haben den Martin einfach so umgenietet. Das kann man doch nicht machen. Das ist kein Geld der Welt wert. Wissen sie, ich kenne Martin schon seit ewigen Zeiten, wir waren zusammen in der Grundschule. Das ist kein Geld der Welt wert!«, wiederholte Tanne. Er schaute die Kriminalbeamten nicht an, sondern starrte nur geradeaus. Er war offensichtlich geschockt. Trotz des künstlichen Lichts konnte man sehen, dass er blass war und seine Hände leicht zitterten. Er schüttelte immer wieder den Kopf. Dann stand er auf, er war wirklich ein Hüne, mindestens zwei Meter, wenn nicht noch größer.

»Herr Tanne, Sie haben den Toten gefunden. Erzählen Sie uns doch bitte nochmal ganz genau, wie Sie ihn gefunden haben«, forderte Meiner ihn auf.

»Da gibt es nicht viel zu erzählen«, erklärte er. »Ich kam von der Spätschicht, ich bin Krankenpfleger im Brüderkrankenhaus in Trier. Ich komme also von Trier«, Tanne zeigt in Richtung Trier, »und sehe auf der Straße was Dunkles liegen. Ich bin an den Rand gefahren um nachzusehen, was los ist. Die Straßenlaterne hier ist offensichtlich kaputt.« Tanne zeigt mit dem Arm zu der Laterne, die einige Meter von ihnen entfernt stand.

»Wie gesagt, ich konnte nicht richtig sehen, was da auf der Straße lag. Zuerst dachte ich es sei ein totes Tier. Das kommt hier des Öfteren vor. Als ich aus dem Auto ausgestiegen bin, habe ich gesehen, dass das ein Mensch ist. Ich dachte, der ist überfahren worden, und wollte nachsehen, ob ich Erste Hilfe leisten kann. Als ich näher rangehe, erkenne

ich auf einmal Martin. Er trug immer dieses breite Lederarmband mit den Nieten, das ihm seine verstorbene Freundin geschenkt hatte. Ich habe sofort den Puls gefühlt und keinen gefunden. Beim Umdrehen sehe ich dann das Loch in seiner Stirn. Mein Gott! Erschossen, einfach so! Scheiße!«
Seine Stimme brach. Etwas leiser fuhr er fort.

»Ich habe sofort die ›110‹ angerufen, habe auch gesagt, schicken sie die Mordkommission mit, der Mann hat ein Loch im Kopf. Erst kam ein Polizeiauto, dann der Sani und dann die da.« Er zeigte zur Spurensicherung. »Mehr weiß ich auch nicht. Ich muss jetzt heim.«

Tanne drehte sich abrupt um und machte Anstalten, zu seinem Wagen zu gehen. Sein Gang war unsicher und holprig. Seine Arme mit den großen Händen baumelten, als gehörten sie nicht zu ihm.

»Moment Herr Tanne, es tut mir sehr leid um Ihren Freund.« Meiner bemühte sich ruhig zu bleiben und seine Ungeduld nicht zu zeigen. Das ging ihm immer so am Anfang eines Falls. Er konnte gar nicht schnell genug an die Informationen rankommen. In seiner Phantasie wünschte er sich dann oftmals einen Zwillingsbruder herbei, um alles gleichzeitig machen zu können.

»Herr Tanne, bitte. Wir wollen den Mörder Ihres Freundes finden! Haben Sie irgendjemanden gesehen, im Auto oder zu Fuß? Irgendetwas, was auf den Mörder hindeutet? Überlegen Sie! Alles ist wichtig, glauben Sie mir.«

Meiners Worte klangen wie eine Beschwörung. Sie drückten allerdings auch seine Meinung aus. Er hatte schon oft genug erlebt, wie eine winzige Kleinigkeit, der die Zeugen überhaupt keine Bedeutung beimaßen, letztendlich zur Lösung des Falles beigetragen hatte.

»Mörder ja, Mörder sind sie!«, erwiderte Alfons Tanne heftig. Die Kriminalbeamten konnten förmlich sehen, wie seine Hilflosigkeit in Wut umschlug. Und er bemühte sich gar nicht erst sie zu verbergen.

»Wundert mich gar nicht, dass hier so was passiert. Mein Gott, die schrecken doch heutzutage vor nichts mehr zurück. Nein nichts, ich habe niemanden gesehen. Ich war ganz allein auf der Straße. Kein Auto, niemand in der Nähe. Es war ja auch schon fast elf. Normalerweise wäre ich früher dran gewesen, aber wir hatten noch einen Notfall. Wir sind im Moment auf der Intensivstation ziemlich lau besetzt, weswegen ich heute erst besonders spät rauskam. Sparen heißt es immer und in Wirklichkeit meinen die da oben doch nur Leistungskürzungen. Alles Scheiße! Ich muss nach Hause«, sagte er übergangslos. »Meine Frau wartet auf mich. Nein, es war weit und breit kein Mensch auf der Straße. Natürlich war es Mord. Scheiße!«, sagte er nochmal und ging zu seinem Wagen.

Renn hatte noch ein paar Fragen, stattdessen sagte er:

»Herr Tanne, können Sie alleine fahren oder sollen wir Sie nach Hause bringen?«

»Nein danke, geht schon.«

»Wenn ihnen noch etwas einfallen sollte, wir melden uns morgen nochmal bei Ihnen«, rief Meiner ihm nach. Aber Tanne saß schon im Wagen.

»Schock?«, fragte Meiner.

»Ich denke schon. Ist ja auch kein Wunder. Weißt du, die meisten Menschen sind nicht an diese Gräueltaten gewöhnt«, seufzte Renn. »Aber die Frage ist berechtigt. Der Mann ist Krankenpfleger, arbeitet noch dazu auf der Intensivstation. Er müsste den Tot gewöhnt sein«, fügte er hinzu.

»Wir lassen ihn ausschlafen und reden morgen nochmal mit ihm«, schlug Meiner vor.

»Gut. Ich denke, wir beide gehen jetzt in die Kneipe und reden mit den Würfelbrüdern. Sprech nochmal mit Rauter. Er und seine Kollegen haben ja bereits angefangen, Personalien aufzunehmen. Sie sollen parallel abfragen, ob jemand etwas Ungewöhnliches bemerkt hat, einen Schuss zum Beispiel. Fragt nach weiteren Autos, Fußgängern, nach allem, was heute abend hier los war. Die Spurensicherung soll die Straßenlaterne nicht vergessen. Ich informiere den Oberstaatsanwalt über das, was wir haben. Er hat mich auf dem Hinweg schon angerufen. Er ist auf einer Konferenz in Mainz und kommt heute Nacht noch zurück. Ich soll ihn auf dem Laufenden halten. Sag unseren Leuten, wir treffen uns morgen früh zur Besprechung im Büro, gegen acht. Ich rede mit dem Prof, ob wir dann schon genauere Ergebnisse von ihm haben können.«

Während Meiner schon mit einem der Techniker sprach, ging Renn zurück zur Straßenmitte. Er spürte die innere Unruhe, die ihn, auch noch nach Jahren, immer überfiel, wenn er einen neuen Fall übernahm, und die erst wieder nachlassen würde, wenn er den Fall zu den Akten legen konnte. Instinktiv ahnte Renn, dass das hier noch eine Weile dauern würde. Und auf seinen Instinkt konnte er sich bis jetzt immer verlassen.

»Sag mal, Prof, kann der Schuss auch aus einem fahrenden Auto abgegeben worden sein? Einem langsam fahrenden Auto?«

»Ich sehe, das lässt dir keine Ruhe. Mir auch nicht. Denkbar wäre das schon. Für eine klare Aussage ist es jetzt noch zu früh. Der Test auf Schmauchspuren bei Alfons Tanne ist übrigens schon veranlasst. Bisher stellt es sich für mich so dar, dass der Tote, wie schon gesagt, von unten kommend«, wobei er auf die Kirchstraße Richtung Mosel zeigte, »die Straße hier zu überqueren versucht hat. Er kam bis etwa zur Hälfte. Die Kugel ist neben dem rechten Auge eingedrungen und etwa zwei Zentimeter über dem linken Ohr wieder ausgetreten. Sauberer, sicherer Schuss, keine ausgefransten Ränder. Das heißt, der Schütze befand sich irgendwo vom Opfer aus gesehen rechts. Ob er sich dabei in einem Fahrzeug befand oder nicht, tut mir leid Rainer, weiß ich nicht. Er könnte im Sitzen geschossen haben, könnte sich aber genauso gut hinter oder in einem parkenden Auto oder sonst wo versteckt haben. Da in der Einbuchtung zum Beispiel. Alles weitere nach der Obduktion.«

»So oder so, der Mörder hat hier auf ihn gewartet«, antwortete Renn. »Und den Schuss, muss noch nicht einmal jemand gehört haben, sofern ein Schalldämpfer benutzt wurde. Das heißt zielorientiertes Vorgehen, kein Affekt.«

»Ich kann es nur wiederholen. Für mich sieht das nach Profiarbeit aus«, sagte Kaiser. »Aber sag mal, wie war's denn in Neuseeland?«, wechselte Kaiser das Thema und zog gleichzeitig seine Handschuhe aus. »Hier ist für mich Schluss, ich mache im Institut weiter. Du weißt ja, nachts kann ich am besten arbeiten.« Er winkte und zwei Männer mit einer großen, rechteckigen Wanne, die neben einem überlangen Mercedes Kombi gewartet hatten, setzten sich in ihre Richtung in Bewegung.

»Neuseeland ist toll«, erwiderte Renn. »Besonders interessant fand ich die Kiribati-Inseln. Wenn man bedenkt, dass die vielleicht in sechzig bis siebzig Jahren im Meer versinken und das alles angeblich wegen des Klimawandels. Aber das ist alles schon wieder weit weg oder auch nicht, wie man sieht. Ich sehe, du willst ins Institut. Ich will dich nicht aufhalten. Beim nächsten Bier in der Luke erzähl ich dir mehr. Hab dich lange nicht mehr dort gesehen. Die haben übrigens renoviert. Ist richtig gut geworden. Bis morgen, gegen acht im Büro. Es wäre schön, wenn du bis dann schon was Brauchbares für uns hast.«

Der Pathologe schloss sich seinen beiden Mitarbeitern an und Renn ging langsam die Kirchstraße runter Richtung Mosel. Er hatte den Eindruck, dass das halbe Dorf auf den Beinen war und wunderte sich, wie schnell sich die Nachricht herumgesprochen hatte. Obwohl, in seinem Stadtteil, in Trier-West, hätte sich die Nachricht noch schneller verbreitet. Ob dort die Anwohner mit der Polizei gesprochen hätten, stand aber auf einem ganz anderen Blatt. Er konnte sich noch gut an den Blick von Meiner erinnern, als er ihm sagte, dass er sich entschlossen hatte, nach Trier-West zu ziehen. Trier-West galt als sozialer Brennpunkt, als Stadtteil mit Entwicklungsbedarf. Die Lebenswirklichkeit der Menschen war hier geprägt von hohen familiären Belastungen, die sich am stärksten bei den Kindern bemerkbar machten. Renn war Pragmatiker, er machte sich nichts vor. Im Gegenteil, da er der Meinung war, dass Probleme sich nicht von selbst in Luft auflösen und dass jeder, der nur ansatzweise eine besondere Fähigkeit hatte, diese auch in irgendeiner Form zum Wohl der Allgemeinheit einsetzen sollte, war er ganz bewusst in diesen Stadtteil gezogen. Er hatte selbst keine Kinder, aber er wusste, dass unter erschwerten Umständen die Kinder immer das schwächste Glied in der Kette waren. Auffällig oft zeigten die Kinder seines Stadtteils Verhaltensstörungen und Entwicklungsverzögerungen gehörten zur Tagesordnung. Es gab mittlerweile einige Einrichtungen, staatliche und kirchliche, die Hilfen für Kinder und Erwachsene anboten und auch beachtliche Erfolge aufweisen konnten. Und Renn wollte sein Schärflein dazu beitragen. Er war Mitglied des runden Tisches, der es sich zur Aufgabe gemacht hatte, die Stadtteilentwicklung von Trier-West ganzheitlich zu fördern. Dafür hatten sie prominente Mitstreiter gewonnen, unter anderem den neuen Oberbürgermeister von Trier. Sie hatten zusammen für Trier-West Mittel über das Bund-Länder-Programm »Soziale Stadt« beantragt. Die Ziele des Programms, zu denen auch die familien- und altersgerechte Umgestaltung von ganzen Stadtteilen gehörte, hatten Renn angesprochen. Aber das funktionierte nur mit den Menschen und nicht gegen sie, dachte Renn. Genauso wie bei ihren Ermittlungen. Hier wie da war die richtige Vorgehensweise, der richtige Ansatz, der Schlüssel zum Erfolg.

Maßvolles Vorgehen und Respekt waren gefordert, eine echte Herausforderung in der heutigen Zeit. Dazu gehörte bei der Aufklärung eines Gewaltverbrechens die nur scheinbar einfache Aufgabe der Würdigung jedes einzelnen Details.

Jede Aussage, schien sie noch so nebensächlich zu sein, musste geprüft und durchdacht werden. Meiner hatte es bei Alfons Tanne auf den Punkt gebracht. Aber es war unendlich schwierig, genau das den Menschen verständlich zu machen.

Je weiter Renn von der Kreuzung weg ging, desto ruhiger wurde es. Rechts und links standen nur wenige Häuser. Auf der linken Seite kam er am Weingut Hein vorbei. Das Weingut war ihm ein Begriff, obwohl sein Aufenthalt hier nur ein sehr kurzer gewesen war. Meiner, der Weinfan, hatte hier in der Straußenwirtschaft seinen letzten Geburtstag gefeiert. Renn war erst sehr spät zu den Feiernden gestoßen, weit nach Mitternacht. Der Grund war der 80. Geburtstag seines Onkels. Der alte Herr hatte einer alten Tradition folgend zu später Stunde und nach einigen Gläsern Wein noch auf einer Partie Schach bestanden, die Renn weder verweigern konnte noch wollte. Sein Onkel war sein noch einzig lebender Verwandter und Renn wollte ihm an diesem Abend keinen Korb geben. Er hatte die Partie verloren.

Renn wich einem Tretroller aus, den ein Kind auf dem Bürgersteig vergessen hatte. Sein Ziel war das Gasthaus »Zur Mosel«. Nach ungefähr einhundert Metern ging die Kirchstraße in eine Linkskurve über. Das erste Haus nach der Kurve, auf der rechten Seite, war die Gaststätte, die er suchte. Die mit dem guten Kuchen. Er nahm sich vor, den irgendwann einmal auszuprobieren. Es standen fünf Autos vor der Tür. Von der Kurve aus nach rechts ging ein schmaler, geteerter Weg an der Mosel entlang, der Fahrradweg. Besonders an den Wochenenden im Sommer war er stark frequentiert. Renn rief sich ins Gedächtnis, dass der Weg entlang der Mosel, vorbei an wenigen Häusern und einer großen Wiese, auf der oft Pferde weideten, über eine kleine Brücke an einer Schlossruine vorbei zur B 419 führte.

»Rainer, warte«, ließ Meiner sich hinter ihm vernehmen. »Rauter hat mit einem Friedrich Wald gesprochen. Ein älterer

Herr mit einem Gehstock, der direkt neben der Einfahrt der Metzgerei Klassen wohnt, und von seiner Veranda aus einen freien Blick auf die Kreuzung hat. Er sagt, er kann nachts oft nicht schlafen und raucht dann noch eine Zigarette vor der Haustür. Seine Frau mag es nicht, wenn er im Haus raucht. Deshalb raucht er draußen. Er hat Martin Anton von unten kommen sehen, aber nicht mit ihm gesprochen. Er hat ihn auch fallen sehen, dachte aber er sei gestolpert. Im gleichen Moment sei ein Lieferwagen angefahren, der in der Einbuchtung geparkt hatte und der dort schon stand, als er aus dem Haus kam. Der Lieferwagen ist genau auf den Toten zugefahren. Allerdings hat er nicht angehalten, woraus der alte Herr geschlossen hat, dass Martin Anton ihm wohl ein Zeichen gegeben hat weiterzufahren. Der Wagen sei dann seitlich an dem Toten und an seiner Haustür vorbei Richtung Mosel verschwunden. Er ist sich sicher, dass es ein Lieferwagen war, weil seine Tochter eine Heißmangel hat und genau so ein Auto fährt. An das Kennzeichen kann er sich nicht erinnern, an die Farbe nur wage, er meint aber, eher grün. Den Fahrer hat er nicht erkennen können. Er hat sich noch gewundert, dass Martin Anton nicht wieder aufgestanden ist. Er wollte nachsehen, musste aber erst seinen Gehstock holen. Als er herauskam, war Tanne schon da. Einer von Rauters Leuten hat schon Rücksprache mit der Tochter des Zeugen gehalten. Sie fährt einen Kangoo. Die Fahndung nach dem Auto läuft. Außerdem«, fügte er noch hinzu, »hat die Spurensicherung Tanne nach Schmauchspuren untersucht, auf Veranlassung vom Prof. Wie heißt es so schön? ›Auch der unwahrscheinlichste Ansatz sollte berücksichtigt werden.‹«

»Ab und an sind Lehrbücher schon wichtig«, lachte Renn. »Danke für die Info. Hat der Prof mir aber schon gesagt.« Und er fügte ernst hinzu: »Der Kangoo ist doch schon mehr als wir erwartet haben. Die Kollegen sollen eine Mitteilung an die Presse rausgeben. Mit Foto. Unsere Techniker können ein gleichfarbiges Fahrzeug ablichten. Die Frage: Wer hat das Auto nach dem 22.05.2008 gesehen? Luxemburger Wort und Tageblatt nicht vergessen. Den Flughafen in Luxemburg ebenfalls mit einbeziehen. Nachfragen, ob dort in der letzten Woche ein Kangoo, auf den die Beschreibung passt, gemietet worden ist. Wenn der Prof recht hat und es war ein Profi, ist das Vögelchen vielleicht von dort ein- beziehungsweise abgeflogen. Jeder macht schließlich mal einen Fehler. Wer weiß, vielleicht haben wir Glück.«

Beide waren automatisch zurück Richtung Kreuzung gegangen. Die Menschenmenge schien noch größer geworden zu sein. Da Rauters Leute sie von der Straße vertrieben hatten, standen sie in Gruppen links vor dem Weingut Hein und rechts in der Einfahrt der Metzgerei Klassen. Sie blieben vor dem Haus des Zeugen Wald stehen. Es lag links neben der Einfahrt zur Metzgerei. Es war ein großes, eineinhalbgeschossiges Blockhaus. Links neben der Eingangstür befand sich eine kleine Veranda. Auch hier hatte sich eine Gruppe Schaulustige eingefunden, die kräftig mit einem älteren Herrn diskutierten. Renn blieb etwas abseits stehen. Die ersten aus der Menge hatten sie schon entdeckt und musterten sie interessiert.

»Von der Veranda aus könnte der Zeuge den Mord beobachtet haben, ohne von dem Mörder bemerkt zu werden. Hat er einen Schuss gehört oder sonst etwas Auffälliges beobachten können? Konnte er sehen, ob der Lieferwagen unten an der Mosel nach rechts oder nach links abgebogen ist?«, fragte Renn leise.

»Nein, darauf hat er nicht geachtet. Er hatte den Blick auf Martin Anton gerichtet und ist dann sofort ins Haus, um seinen Gehstock zu holen. An ein Geräusch kann er sich nicht erinnern. Das sei alles wegen des Hafens, hat er mir erklärt. Immer wenn die, damit meint er die Hafenverwaltung, in Mertert Schrott abladen, so sagt er, ist es so laut, dass alle anderen Geräusche untergehen. Außerdem hatte er sein

Hörgerät schon abgelegt, da er gleich nach dem Rauchen ins Bett gehen wollte.«

»Schmitta soll morgen früh seine Aussage aufnehmen. Dann alle Leihfirmen in Trier und Umgebung abklappern, ebenso alle in Luxemburg und an der Grenze zu Frankreich. Schmitta und Grön sollen die Kollegen vom Kirchberg um Hilfe bitten. Gestern, das war die theoretische internationale Zusammenarbeit, heute folgt der Praxistest. Vielleicht bringt's ja was. Danach dann Haustürbefragung ausweiten, nicht nur die direkten Nachbarn. Vielleicht gibt es noch mehr Leute, die nachts im Haus nicht rauchen dürfen und irgendetwas bemerkt haben.«

Als sie sich umdrehten, kam von unten eine Gruppe Männer in zügigem Schritt auf sie zu. Renn und Meiner gingen ihnen kurzerhand entgegen und stellten sich vor. Es stellte sich heraus, dass es die Würfelkollegen des Toten waren, unter ihnen auch der Bürgermeister von Temmels, Bernhard Bewler.

»Meine Frau hat in der Gaststätte angerufen. Sie hat gesagt, dass Martin auf der Kreuzung verunglückt ist. Stimmt das?«

»Woher hat Ihre Frau die Informationen?«, fragte Meiner. »Wohnen Sie hier in der Straße, Herr Bewler?«

»Nein, ich wohne in der Saarburgerstraße, etwas außerhalb des Dorfes. Meine Frau ist angerufen worden. Was ist denn jetzt passiert? Was ist mit Martin?«

Renn erklärte die Situation und beobachtete dabei die fünf Männer. Nachdem klar war, dass es kein Unfall war, sondern Mord, zeigte sich deutlich Bestürzung und Fassungslosigkeit in den Gesichtern. Die Frage nach dem Motiv konnte keiner beantworten. Martin Anton war beliebt, ein guter Kollege wie alle betonten. Dass jemand an der Kreuzung auf ihn gewartet hatte, um ihn dann kaltblütig zu erschießen, konnte sich niemand vorstellen.

»Das ist so unwirklich. Wir sind ganz normale Leute hier. Martin war Schlossermeister, viel zu holen gab es bei ihm nicht. Bei keinem von uns übrigens. Ich kann das gar nicht glauben«, ließ sich ein etwa 30-jähriger junger Mann vernehmen. Er stellte sich als Dietmar Reiser vor. »So etwas gab es hier noch nie.«

»Das war bestimmt eine Verwechslung. Martin hat doch keiner Fliege etwas zu leide getan«, sagte der Bürgermeister.

»Oder er war zur falschen Zeit am falschen Ort, wie das so schön heißt«, meinte der junge Mann, der sich als Dietmar Reiser vorgestellt hatte. »Anders kann das gar nicht sein. So was gab es hier noch nie«, wiederholte er hilflos. Er drehte sich um und wischte sich ungeschickt mit der Hand über die Augen.

Wie die beiden Beamten erfuhren, war Martin Anton etwas früher aus der Gaststätte aufgebrochen als üblich. Er hatte versprochen, einen Kollegen um fünf Uhr früh zum Flughafen Hahn zu fahren. Der Würfelabend sei nicht anders gewesen als sonst auch. Niemand hatte etwas Auffälliges bemerkt, auch an Martin Anton nicht.

»Martin war wie immer. Gut gelaunt und diskutierfreudig«, war die einhellige Antwort auf die Frage, ob Martin Anton sich in irgendeiner Weise anderes benommen hatte als sonst.

»Kann es sein, dass sich ihr Kollgege in irgendeiner Weise bedroht fühlte? Er trug einen Schlagring in der Tasche«, fügte Renn als Erklärung hinzu.

»Einen Schlagring?«, fragte Jens Orn, ein etwa vierzigjähriger Mann mit rötlichen, kurzen Haaren. Das passt nicht zu Martin. Das hatte er doch gar nicht nötig«, stellte er fest. Die anderen nickten zustimmend.

»Wenn Martin sich bedroht gefühlt hätte, hätten wir das gewusst. Ganz klar, das hätte er uns gesagt«, antwortete Dietmar Reiser. Seine Kollegen nickten zustimmend.

Auf die Frage nach eventuellen finanziellen Schwierigkeiten antwortete Bernhard Bewler.

»Auf keinen Fall«, erwiderte der Bürgermeister sofort. »Martin war grundsolide. Keine Schulden oder so. Sein Haus hat er nach und nach selbst umgebaut. Er kann doch alles. Das einzige, was Geld gekostet hat, war sein Motorrad, wobei er die Wartung auch selbst gemacht hat. Wenn ich mal nicht mehr da bin, kriegt das dann alles der kleine Michael, hat er immer gesagt. Er ist vernarrt in das Kind. Michael ist der Sohn seiner Schwester. Martin selbst ist unverheiratet und kinderlos.«

»Gewartet hat er das Motorrad selbst. Nein, ich kann mir nicht vorstellen, dass er finanziell in der Klemme steckte«, ließ sich der junge Mann nochmal vernehmen. Er war sichtlich erschüttert. Er konnte die Hände nicht stillhalten, kratzte sich ständig am Unterarm und sagte schließlich: »Außerdem hätte er uns das gesagt. Wir kennen uns alle doch gut genug. Und einem guten Kollegen hilft man aus der Patsche«, fügte er etwas trotzig hinzu.

**Montag, 26. Mai 2008 - 20.00 Uhr**
**Konz Berensborn**

»Ein Motiv ist weit und breit nicht erkennbar.« Rainer Renn ging aus der Küche auf die Terrasse. »Und die Bestürzung der Würfelkollegen sah echt aus. Scheint ja eine verschworene Truppe zu sein. Alle in irgendeinem Verein, zumindest die fünf, die wir getroffen haben. Praktisch jeder hat von einer Verwechslung gesprochen, auch der Bürgermeister. Aber mit wem und warum konnte niemand erklären.«

»Ich wette, das ist keine Verwechslung gewesen«, ließ sich Bernd Meiner aus der Küche vernehmen.

Rainer Renn musste schmunzeln. Er arbeitete jetzt seit acht Jahren als erster Kriminalhauptkommissar und Leiter der Kriminalinspektion Todesermittlungen/Fahndungen, besser als Mordkommission bekannt, mit seinem Freund und Kollegen Bernd Meiner zusammen. Sie waren sehr erfolgreich zusammen, das belegten die Statistiken. Je länger sie sich kannten, desto besser kamen die beiden Männer miteinander zurecht, obwohl sie unterschiedlicher nicht hätten sein können.

Bernd Meiner war wie Renn 42 Jahre alt, 1,90 m groß, oder so ähnlich, wie er sich immer ausdrückte. Renn selbst war 1,80 m, also eher Normalmaß. Sie hatten sich auf einem Lehrgang vor zehn Jahren kennen gelernt, waren sich von Anfang an sympathisch gewesen und unabhängig von ihrer beruflichen Arbeit hatte sich langsam eine Freundschaft entwickelt, die sich, seit sie auch zusammen arbeiteten, immer weiter gefestigt hatte.

Bernd Meiner hatte volles, lockiges, dunkelbraunes Haar, das er immer noch etwa schulterlang trug, sehr zur Freude seines Vaters. Der alte Herr trug seine Haarpracht, oder besser gesagt das, was davon übrig geblieben war, auch gerne etwas länger. Meiner war super dünn und absolut unsportlich. Er hielt sich an Winston Churchill: »Sport ist Mord.«

Ansonsten hatte Meiner drei Hobbys, seine KKW's, wie er sie nannte. Kochen, Kino und Wetten. Allerdings wettete er nie gegen Geld, es ging immer um ein gutes Essen und guten Wein.

»Wenn schlechte Zeiten kommen, hilft's zu überleben«, war sein Kommentar, wenn er auf seine Wettleidenschaft angesprochen wurde. Renn hatte dazu seine eigene Meinung. Er wusste, dass sein Freund so seine Ungeduld, die ihn zweifelsohne zu Anfang eines jeden Falles erwischte und ihn bis zum Ende nicht losließ, eher in den Griff bekam. Er zügelte sich sozusagen durch die Wetten selbst, was ihm, je nach Fall, mehr schlecht als recht gelang. Allerdings war Meiner durchaus in der Lage, seinen Fehler, soweit man seine Ungeduld überhaupt als Fehler bezeichnen konnte, zu kompensieren. Mehr als das. Renn wusste, dass sein Freund die für einen Ermittler in Mordfällen unbezahlbare Eigenschaft eines wirklich guten Gedächtnisses besaß. Er war in der glücklichen Lage, sich bei Verhören auch die kleinste Kleinigkeit merken zu können, ohne Stift und Block in die Hand zu nehmen, und das für lange Zeit. Er konnte noch Einzelheiten eines Falles wiedergeben, der schon Jahre zurücklag. Oder er erinnerte sich im Zusammenhang mit Zeugenaussagen an Zeitungsartikel, Fernsehberichte oder sonstige Einzelheiten, die seinen aktuellen Fall betrafen. Wenn er an Informationen kam, waren sie nur sehr schwer aus seinem Gedächtnis zu löschen. Meiner war sich seiner Gabe, wie es schien, gar nicht recht bewusst. Er behauptete immer, das sei alles eine Frage des Ablegens, wie er das nannte. Wie bei einem Computer musst du wissen, in welcher Datei du die Daten speichern willst, antwortete er meist, wenn er nach einer speziellen Technik hinsichtlich seines enormen Gedächtnisses gefragt wurde. Meiner bewohnte mit seinem Vater und seiner Lebensgefährtin sein Elternhaus in Konz-Berensborn.

Rainer Renn war eher der sportliche Typ und hatte wellige, hellbraune Haare. Zu Locken hatte es nie richtig gereicht. Allerdings hatte er die Haare immer raspelkurz geschnitten. Seit er aufgehört hatte zu rauchen, hatte er zu seinem Bedauern 3 bis 4 kg zu viel auf die Rippen bekommen. Ansonsten lebte er mit Freude für seinen Beruf. Mit Meiner teilte er seine Vorliebe für das Kino und alte Filme, allerdings nur, wenn es zeitlich passte, was die Sache sehr einschränkte. Als Hobby konnte er nur seine Urlaubsreisen und Fahrradfahren anführen. Er brauchte beides, um den Kopf wieder frei zu bekommen und um die »Dinge wieder gerade zu rücken«, wie er das formulierte. Bei den wirklich schlimmen Sachen, mit denen Ermittler in Mordfällen naturgemäß immer wieder konfrontiert wurden, hatte jeder Kollege seine eigene Methode, wie er nach Abschluss eines Falles wieder in das normale Leben zurückfand. Renn hielt genau diese »Schutzmethoden« für unheimlich wichtig, um im Beruf nicht auszubrennen, wobei die Methode als solche für ihn zweitrangig war. Wichtig war der Erfolg. Zu einer stabilen Beziehung wie bei Bernd Meiner hatte es bei ihm leider nicht gereicht. Kinder waren Bernd und Susanne jedoch auch versagt geblieben.

Renn hatte einige mehr oder weniger lange Beziehungen hinter sich, war im Moment solo und ließ die Dinge auf sich zukommen. Er war ein häufig gefragter Redner auf Fachkongressen und zusammen mit seiner besonderen, wenn man den internen Gerüchten glauben schenken konnte, schon legendären Art, Fachwissen und Intuition gewinnbringend zu nutzen, waren sie beide seit Jahren das erfolgreichste Ermittlerteam in Rheinland-Pfalz, was sich in einer beträchtlichen Anzahl von gelösten Fällen widerspiegelte.

Und nun machte ihnen der Mord an einem 48-jährigen Schlossermeister zu schaffen. Oberstaatsanwalt Boss hatte eine Sonderkommission unter Renns Leitung einberufen, personell gut ausgestattet, was nicht immer der Fall war. Der

Sonderkommision zugeordnet waren unter anderem auch Kommissarin Manuela Schmitt, genannt Schmitta, und Kommissar Herbert Grön, sowie die Oberkommissare Rudolf Hai und Werner Albrecht. Sie waren erfahrene Leute, die bereits an mehreren Fällen zusammengearbeitet hatten.

Wenn er ehrlich war, hatten sie keine einzige heiße Spur mehr. Der Mord war vor vier Tagen geschehen, sie waren verhältnismäßig gut besetzt, aber sie waren mit der Aufklärung nicht wirklich weitergekommen. Die erste heiße Spur, der vermutlich grüne Lieferwagen, war inzwischen erkaltet. Sie hatten sämtliche Mietwagenfirmen in Rheinland-Pfalz abgeklappert, dann sogar die Suche ausgedehnt auf Luxemburg, Belgien und Frankreich, aber es war nichts Brauchbares dabei herausgekommen. Der Kangoo schien sich in Luft aufgelöst zu haben.

Auch die Befragung der Nachbarn und einiger anderer Dorfbewohner hatte nichts gebracht, von einem Motiv ganz zu schweigen. Die Schwester des Toten hatte die Angaben der Würfelkollegen bestätigt. Sie beschrieb ihren Bruder ebenfalls als einen soliden, selbstbewussten Menschen, der, wenn er wirklich Probleme gehabt hätte, sich seinen Kollegen und ihr anvertraut hätte. Das einzige, was sich ihr Bruder früher wirklich immer gewünscht hatte, wobei sie die Betonung auf früher gelegt hatte, war eine eigene Familie. Seine Jugendliebe war tragischerweise bei einem Autounfall vor vielen Jahren ums Leben gekommen. Seither war ihr Bruder solo und hatte sich ihrer Meinung nach mit seinem Alleinsein auch abgefunden. Er war vernarrt in Kinder, was auch ein Grund war, warum er die Jugendfeuerwehr betreute. Er war Mitglied in sämtlichen Temmelser Vereinen und seit Jahren im Gemeinderat tätig. Sie konnte sich den Mord nicht erklären.

Und das war genau das Problem. Weit und breit fand sich kein Motiv. Wer hatte einen Grund, Martin Anton zu ermorden? Offensichtlich hatte er keine finanziellen Schwierigkeiten, keine unerlaubten Hobbys, keine Beziehungsprobleme. Er hatte Freunde im Dorf, ein gutes soziales Umfeld. Sogar seinen Hausarzt hatten sie aufgesucht. Er war weder physisch noch psychisch angeschlagen. Alles im grünen Bereich, wie der Mediziner erklärt hatte. Und noch etwas hatte er gesagt, was Renn nicht aus dem Kopf ging.

»Wenn ich Martin Anton charakterisieren müsste, wissen Sie, wie ich ihn beschreiben würde?« Der Arzt hatte ihre Antwort nicht abgewartet. »Er war unbestechlich. Wenn er eine Meinung zu etwas hatte, egal ob beim Fußballspielen oder in der Politik, er hat sie gesagt. Und er hat sich nicht mit fadenscheinigen Argumenten bereden lassen. Da musste schon etwas Handfestes her. Ich erzähl Ihnen jetzt etwas. Sie wissen, er ist Schlosser. Ein sehr guter Facharbeiter. Hat in Konz die Verantwortung für sieben Leute. Einer seiner Männer hat Probleme mit dem Alkohol. Der junge Mann war so ehrlich und hat mit Martin darüber geredet. Sie haben ausgemacht, dass er sich Hilfe holt. Dieses Gespräch kam, wie auch immer, dem Vorstand der Firma zu Ohren. So jemanden könne man nicht gebrauchen, hieß es sofort und sie wollten den jungen Mann entlassen, ohne ihm eine Chance zu geben. Da hätten Sie Martin erleben sollen. Er hat sich einen Termin beim Vorstandsvorsitzenden geholt und dem klar gemacht, was er davon hält. Nämlich nichts, gar nichts. Und er hat klar gemacht, dass er diese Entscheidung nicht nur nicht akzeptieren, sondern sie auch öffentlich kritisieren würde. Im konkreten Fall hieße das zum Beispiel den Firmenhauptsitz zu informieren, die Presse einzuschalten, kurz, Ärger zu machen. Erst hat man von Vorstandsseite aus versucht, ihn persönlich unter Druck zu setzen, dann ihn zu bestechen, indem man eine Gehaltserhöhung angedeutet hat, wenn er ein bis zwei Leute einsparen könnte, wie man es ausgedrückt hat. Aber wie schon gesagt. Martin war unbestechlich. Er hat schließlich durchgesetzt, dass sein Kollege eine Entziehungskur machen kann. Das war vor drei Jahren. Er arbeitet immer noch in der Firma und ist übrigens immer noch trocken.«

Sie saßen auf Meiners Terasse. Sein Freund hatte alle Zeugenaussagen, Bilder und den Bericht des Pathologen auf den Tisch gelegt. Die Luft war schon warm, obwohl es erst Mai war. Auf die Terrasse zogen Renn und Meiner sich zurück, wenn sie ungestört reden wollten. Es war ihr Ritual, wenn ein Fall ins Stocken geriet und weit und breit kein Fortkommen zu entdecken war. Zur Entspannung kochte Meiner, Renn hatte hinterher die Aufgabe, in der Küche für Ordnung zu sorgen. Sein Freund hatte wieder vorzüglich gekocht, wie Renn neidlos zugeben musste. Als Vorspeise hatte Meiner eine Brokkolisuppe mit Parmesan serviert, dann eine ausgezeichnete Gemüselasagne. Wobei es völlig müßig war, nach einem Rezept zu fragen. Die Gerichte variierten immer ein bisschen, je nach Laune des Kochs. Meiner genoss es, beim Kochen seiner Phantasie freien Lauf zu lassen. Renn hatte seinen Auftrag, die Küche blitzblank zu putzen, wie Meiner es formulierte, schon erfüllt. Schließlich war die Küche zuallererst das Revier von Meiners Vater, mit dem sie sich beide nicht anlegen wollten.

Meiners Vater war seit 12.00 Uhr mittags wieder mit seinen Wanderfreunden in der Grillhütte in Wiltingen. Dieses Mal feierten sie einen runden Geburtstag. Und da Meiners Vater immer zu den letzten gehörte, die eine Feier verließen, ließ seine Rückkehr wahrscheinlich noch auf sich warten.

Meiners Freundin Suzanne, mit der er seit zehn Jahren ohne Trauschein zusammenlebte, arbeitete für drei Monate in Los Angeles und Renn selbst hatte zur Zeit keine feste Beziehung, also würde auch niemand die beiden Hauptkommisare bei dem dienstlichen Teil ihres Treffens stören.

Zu Renn und Meiners Vorgehensweise gehörte es, den ganzen Fall Stück für Stück durchzugehen. Jedes Protokoll, jede Zeugenaussage, jede Kleinigkeit. Es wäre nicht das erste Mal, dabei dann den entscheidenden Hinweis zu finden.

»Fassen wir doch mal zusammen, was wir alles haben«, sagte Meiner und stellte gleichzeitig den Nachtisch, Erdbeereis à la Tamaltio, auf den Tisch. Das Erdbeereis war seine Spezialität. Bis vor wenigen Jahren hatte er die Erdbeeren sogar noch selbst auf dem Feld in Temmels gepflückt, wie er Renn stolz erklärt hatte. Das war jetzt zwar nicht mehr möglich, da der Obstbaubetrieb nicht mehr existierte, sehr zum Bedauern von vielen Erdbeerliebhabern. Meiner hatte Renn erklärt, dass die hektargroßen Erdbeer-, Süßkirschen- und Äpfelfelder zusammen mit dem Wein jahrelang ein Markenzeichen der Ortschaft Temmels gewesen waren. Der Wein sei geblieben, die Erdbeeren leider nicht. Renn seinerseits hatte ebenfalls einige Erkundigungen über die Ortschaft Temmels eingeholt. Er hatte bei seinen Recherchen im Internet herausgefunden, dass die Ruinen am Ortseingang von Temmels, an denen er regelmäßig bei seinen Trainingstouren vorbeifuhr, Georgshof genannt wurden und ein ehemaliges Landgut des Trierer Deutschherrenordens waren. Im Internet stand auch, dass die Pfarrei Temmels eine der ältesten im Obermoselraum war. Temmels hieß früher Tammaltio und wurde erstmals 634 im Testament des Diakons Adalgisel Grimp als Villa Tamaltio urkundlich genannt. Von daher, flexibel wie Meiner war, hatte der Nachtisch jetzt den Zusatz »... à la Tamaltio.«

Meiner hatte ein Erdbeereis gezaubert, von dem Renn nicht genug bekommen konnte.

»Also wenn du mal arbeitslos wirst, kannst du mit deiner Eiskreation problemlos in einem drei Sterne Restaurant überleben«, sagte Renn, während er genüsslich den Löffel ableckte. »Jeden Tag bei dir zu essen würde meine Waage wahrscheinlich nicht überleben.«

»Dann musst du eben eine Runde Fahrradfahren mehr einschieben«, erwiderte Meiner lachend. »Aber danke für die Blumen. Jetzt zu unserem Fall.«

Übergangslos und konzentriert begann er.

»Der Mord passierte vor vier Tagen, genauer gesagt am Donnerstag den 22.05.2008, abends zwischen 22.30 Uhr und 22.50 Uhr. Das Opfer war Martin Anton, 48 Jahre, Schlossermeister. Todesursache war ein Schuss aus einem Revolver, 22-ziger, in die rechte Schläfe. Gefunden wurde der Tote von Alfons Tanne, Krankenpfleger, von Trier kommend, der nach den Berechnungen des Pathologen und der Aussage von Friedrich Wald unmittelbar nach dem Mord an der Kreuzung angekommen sein muss und praktisch sofort die Kollegen verständigt hat. Schmauchspurenanalyse bei Alfons Tanne negativ, wie zu erwarten. Laut Prof lässt die Lage der Leiche darauf schließen, dass der Täter aus Richtung Blumenladen geschossen hat. Nach Angaben von Alfons Tanne lag das Opfer in Seitenlage, auf dem rechten Arm. Er hat das Opfer nur am linken Arm angefasst und gedreht.«

»Alfons Tanne hat dann, wie er betont, sofort die ›110‹ angerufen«, warf Renn ein.

»Ja«, erwiderte Meiner. »Den Mord indirekt beobachtet hat wahrscheinlich der 78-jährige Rentner Friedrich Wald. Er hat einen grünlichen Kangoo gesehen. Das Auto hat laut Aussage des alten Mannes vor der Kreuzung B 419/L 136 rechts in der Einbuchtung an der B 419, beim Blumenladen, in Fahrtrichtung Trier, gestanden. Es fuhr, unmittelbar nachdem Martin Anton auf den Boden gefallen war, die Kirchstraße Richtung Mosel hinunter. Der Zeuge hat nicht gesehen, ob der Wagen dann an der Kurve nach rechts Richtung Trier oder nach links Richtung Grenzübergang Grevenmacher abgebogen ist. Wald hat niemanden sonst am Tatort beobachtet, keinen Schuss gehört oder sonst etwas Verdächtiges gesehen.

Alfons Tanne, der das Opfer gefunden und die Gewalttat gemeldet hat, hat ebenfalls niemanden am Tatort gesehen. Nicht ganz ausgeschlossen werden kann natürlich, dass der Kangoo zufällig an der Stelle stand, wobei sich dann die Frage stellt, warum der Fahrer nicht nachgesehen hat, was mit Martin Anton los ist. Oder er hat genau gesehen, dass auf Martin Anton geschossen wurde, und will in den Fall nicht verwickelt werden.«

»Oder er hat es schlicht und ergreifend mit der Angst zu tun bekommen«, gab Renn zu bedenken.

»Auch möglich«, fuhr Meiner fort. »Herr Wald glaubt, dass der Kangoofahrer nicht gestoppt hat, weil Martin Anton ihn weitergewunken hat. Was nicht sein kann, da das Opfer laut Aussage des Pathologen mit an Sicherheit grenzender Wahrscheinlichkeit schon tot war, noch bevor er auf dem Boden aufgekommen ist. Es besteht auch die Möglichkeit, dass der Mörder zu Fuß war oder sein Auto irgendwo anders geparkt hat. Oder sich in der Nähe des Blumenladens versteckt und von dort geschossen hat, im Eingang des Ladens zum Beispiel, hinter oder in einem Fahrzeug oder hinter dem Zaun. Wobei weder am Ladeneingang noch in Zaunnähe irgendwelche verwertbaren Spuren gefunden wurden. Keine Fußspuren, keine Zigarettenkippen, kein Papierschnipselchen, nichts. Im Gegenteil, alles blitzblank. Die Temmelser scheinen sehr reinliche Leute zu sein.«

»Nicht zu vergessen das Unwetter mit dem starken Regenschauer, von dem Alfons Tanne berichtet hat und das die Meteorologen bestätigt haben, was das Ergebnis der Spurensuche logischerweise einschränkt«, sagte Renn.

»An der defekten Straßenlaterne ebenfalls nichts Auffälliges, sodass davon auszugehen ist, dass keine Fremdeinwirkung vorliegt, sondern nur schlicht und einfach die Lampe den Geist aufgegeben hat«, fuhr Meiner übergangslos weiter fort.

»Unsere Leute haben im Blumenladen nachgefragt. Die Besitzerin sagt aus, dass die Lampe schon eine ganze Weile kaputt war. Das RWE hat das auf unsere Nachfrage hin ebenfalls bestätigt. Es war vorgesehen, die Straßenlaterne demnächst wieder instandzusetzen. Gestohlen wurde soweit uns bekannt ist nichts. Die Geldbörse mit Inhalt war noch vorhanden, sodass ein Raubmord ausgeschlossen werden kann. Martin Anton hatte einen Schlagring in der Tasche. Unsere Frage, ob das Ofper sich bedroht fühlte, haben sowohl die Schwester als auch seine Freunde verneint. Zumindest war ihnen davon nichts bekannt.

Die Nachbarn haben ebenfalls nichts mitbekommen. Niemand hat einen Schuss gehört, überhaupt nichts Ungewöhnliches an diesem Abend. Alles in allem nichts außer dem Kangoo. Der ist bisher nicht auffindbar, der Fahrer hat sich nicht gemeldet.«

»Der Aufruf in der Presse an den Kangoofahrer, der Donnerstagabend an der besagten Stelle geparkt hat, sich als Zeuge zu melden, hat nichts gebracht«, machte Renn weiter. »Alle Nachfragen hier, in Luxemburg und im Grenzraum Richtung Frankreich brachten nichts, gar nichts. Der Kangoo hat sich praktisch in Luft aufgelöst. Wobei die gesamte Berichterstattung des Trierischen Volksfreund bisher erstaunlich zurückhaltend war. Wenn ich da an den Fall in Nittel denke, da hatten wir schon ganz andere Sachen.«

»Da muss ich dir recht geben«, entgegnete Meiner. »Ist mir auch aufgefallen. Was mir noch aufgefallen ist, ist die Stimmung auf dem Friedhof heute nachmittag. Ich glaube, fast das ganze Dorf war da. Sogar der Priester hat von Martin Anton als einem Menschen gesprochen, der auf Grund seiner Zivilcourage allen ein Vorbild sein sollte. Ich finde, er hat sogar etwas schuldbewusst ausgesehen. Aber vielleicht ist das auch sein Berufsblick. Da kenne ich mich nicht so aus. Meine Einstellung zu dem Thema kennst du ja«, sagte Meiner und streckte sich. »Ich möchte auf See bestattet werden. Zurück zu den Wurzeln, ohne viel Brimborium.«

»Ich hoffe, das lässt noch lange auf sich warten«, warf Renn schmunzelnd ein.

»Die Rede seiner Feuerwehrkollegen, die geht mir nicht aus dem Kopf«, fuhr Meiner ungerührt fort. »Da war nicht nur die Ohnmacht gegenüber dem Geschehen spürbar, das war eindeutig eine unterschwellige Wut, die da zum Vorschein kam. Wut und Unverständnis.« Renn konnte seinen Freund gut verstehen. Auch ihm war die Stimmung auf der Beerdigung aufgefallen.

»Womit wir beim Punkt wären: Ein Motiv für den Mord ist weit und breit nicht erkennbar. Was haben wir übersehen? Wozu trug Martin Anton einen Schlagring in der Tasche. Dafür muss es doch einen Grund geben. Von wem fühlte er sich bedroht?«, schloss Meiner seine Ausführungen ab.

Die Presse in und um Trier war ein ganz spezielles Thema und den Umgang mit ihr hatte Renn erst langsam erlernen müssen. Die einzige große Zeitung in Trier und Umgebung war der Trierische Volksfreund, die bis in den letzten Winkel hinein gelesen wurde. Da es keine wirkliche Konkurrenz gab, wenn man das Internet einmal außen vor ließ, hatte die Zeitung leichtes Spiel. Renn hatte im Laufe der Jahre gelernt, mit der Presse zusammenzuarbeiten. Mittlerweile konnte man sein Verhältnis zur Presse als gut bezeichnen, was auch daran lag, dass er einige Journalisten inzwischen persönlich kannte und daher besser einschätzen konnte. Er wusste, wer unter den Reportern auf bloße Sensationsmache aus war. Gerade in Bezug auf die Presse zog Renn es vor zu agieren als nur zu reagieren. Wobei das natürlich nicht immer möglich war und er auch ernsthaft versuchte, nicht unfair zu sein. Auch die Redakteure waren an die Gesetze des Marktes gebunden. Und die Versuchung für einige seiner Kollegen, war offensichtlich groß, interne Informationen aus welchen Gründen auch immer, weiterzugeben. Dieses Mal wollte Renn genau das unter allen Umständen verhindern. Nur er selbst und der Oberstaatsanwalt würden mit den Reportern sprechen. Unter anderem hatten sie den Zeugen Wald gegenüber dem Trierischen Volksfreund nicht erwähnt.

»Angenommen wir messen dem Kangoo zu viel Bedeutung bei«, fuhr Renn fort. »Es gibt keine Kampfspuren. Folglich ist das Opfer völlig überrascht worden. Ich sehe die Schlagzeile schon vor mir, der Mord im Vorbeigehen oder so ähnlich.«

»An dir ist ein großer Journalist verloren gegangen«, witzelte Meiner. Meiners Urteil über die Presse im Trierer Raum fiel wesentlich härter aus. Er hatte nicht halb so viel Geduld wie Renn und wollte sie bei bestimmten Dingen auch gar nicht haben. Jeder kann nur in seiner Rolle, wie Renn es immer formulierte. Daher überließ er diesen Part gerne den Kollegen.

»Ich stelle mir das gerade vor. Ich komme vom Würfelspielen, bin noch in Gedanken, an der Kreuzung steht ein Auto. Da denke ich mir doch nix bei, auch nicht, wenn mir jemand entgegenkommt. Vielleicht beachte ich ihn gar nicht. Grund, mir Sorgen zu machen, habe ich nicht. Ich gehe weiter, ich will ja nach Hause«, entgegnete Meiner.

»Der Täter wiederum sitzt im Auto, steigt vielleicht sogar aus. Wenn es ein Fremder ist, guckt er unter die Motorhaube oder macht sonst irgendwas zur Ablenkung. Ist der Täter ein Bekannter von Martin Anton, winkt er ihm, verwickelt ihn unter Umständen in ein Gespräch. So oder so, als das Opfer nahe genug heran ist, hebt der Mörder die Pistole und peng. Schalldämpfer vorausgesetzt. Keine Chance für das Opfer.«

»Ein denkbares Szenario«, sagte Meiner. »Fragt sich also, was hat unser Zeuge genau gesehen?«, fuhr er fort. »Ein

Auto, sagt er. Hat er den Fahrer gesehen? Die Autofenster, waren sie auf oder zu?«

Meiner war inzwischen aufgestanden und brachte die leeren Eisschälchen in die Küche. Renn hörte ihn an der uralten Kaffeemaschine hantieren, dem ganzen Stolz seines Vaters. Kurz darauf vernahm er das typische gurgelnde Geräusch des durchlaufenden Kaffees.

»Wir tappen mit dem Motiv immer noch völlig im Dunkeln«, fuhr Meiner fort, nachdem er sich wieder gesetzt hatte. »Das Opfer arbeitete bei einer schwedischen Firma. Auch die Befragung dort ergab nichts. Überall nur Entsetzen und Verwunderung. Martin Anton wird als hilfsbereiter und guter Kollege beschrieben. Er war aktiv im Betriebsrat, hat sich für die Kollegen eingesetzt und seine Meinung gesagt, auch wenn sie dem Chef nicht gepasst hat. Dabei hat er sich anscheinend selten im Ton vergriffen, was ihm die Achtung seiner Chefs und seiner Kollegen eingebracht hat. Er galt als konsequent. Ein bisschen nach dem Motto, hart aber fair. Er war Junggeselle, hatte keine Freundin. War ehrenamtlich in der Gemeinde aktiv. Seit vierzehn Jahren im Gemeinderat, Jugendwart in der Feuerwehr. Die Feuerwehr scheint sein Steckenpferd gewesen zu sein. Wie mir Dietmar Reiser, der junge Mann vom Würfelabend, ebenfalls Mitglied im Gemeinderat und in der Feuerwehr, genauestens erklärt hat, ist die Temmelser Feuerwehr personell wohl sehr gut ausgestattet. Ein gut funktionierender Verein, genügend aktive und inaktive Mitglieder, was heute eher selten ist. Keine Nachwuchsprobleme. Materialmäßig sieht es allerdings ganz anders aus. Martin Anton hatte das wohl erkannt und forderte zum Beispiel schon seit Jahren, dass Temmels ein wasserführendes Feuerwehrfahrzeug, ein sogenanntes TSF-W, ein Tragkraftspritzenfahrzeug, bekommen müsse. Er argumentierte, bei einem angenommenen Verkehrsunfall mit einem brennenden PKW könne die Feuerwehr Temmels das in Flammen stehende Fahrzeug nicht löschen, da sie nur zwei Pulverlöscher und eine Kübelspritze zur Verfügung hätte, was seiner Meinung nach absolut unzureichend war. Wenn sich dann noch Menschen in dem eingeschlossenen Fahrzeug befänden, würden sie unweigerlich verbrennen. Martin Anton hielt das für einen untragbaren Zustand. Er forderte daher ein Tragkraftspritzenfahrzeug mit mindestens 500 Litern Wasser. Er hatte sogar dem zuständigen Minister einen Brief geschrieben, nachdem er beim Verbandsbürgermeister in Konz kein Gehör für sein Anliegen gefunden hatte. Womit er sich wohl nicht unbedingt nur Freunde gemacht hat. Er hat nicht nur dem Wehrleiter der Verbandsgemeinde Konz und dem Verbandsbürgermeister von Konz, sondern auch dem zuständigen Minister klipp und klar vorgeworfen, wissentlich eine Situation in Kauf zu nehmen, bei der durch fahrlässiges Handeln der Verantwortlichen letztendlich Menschenleben gefährdet werden. Ich habe mir die Mühe gemacht und beim Ministerium angerufen und mit dem zuständigen Beamten gesprochen. Er musste zugeben, dass die TSF-W-Fahrzeuge nicht mehr bezuschusst werden und dadurch für die Gemeinden nicht mehr finanzierbar sind. Etwas kleinlaut hat er auch zugegeben, dass ein solches Szenario, wie es Martin Anton beschrieben hat und vor dem dieser sich so sehr fürchtete, wie der Beamte es nannte ›im Bereich des Möglichen‹ liegt. Was nichts anderes heißt, als dass aufgrund von Sparmaßnahmen die Sicherheit der Menschen gefährdet wird.

Um es mit Alfons Tannes Worten zu formulieren: ›Lambarene lässt grüßen.‹

In dieser Beziehung hat Martin Anton ziemlich viel Aufmerksamkeit auf die Verantwortlichen gelenkt, was denen mit Sicherheit nicht gefallen hat.«

Meiner hatte bei seinem Vortrag kein einziges Mal in seine Notizen geschaut. Er saß da, die Hände hinter dem Kopf verschränkt und beobachtete einen Maikäfer, den ersten für dieses Jahr.

»Hier ein Motiv zu suchen ist meiner Meinung nach müßig. Wir leben in einer Demokratie und Meinungsäußerungen stellen im Allgemeinen kein Mordmotiv dar«, entgegnete Renn. »Es sei denn, er ist einem Kommunalpolitiker so auf die Fersen getreten, dass der sich zu einem Auftragsmord entschlossen hat? Halte ich für viel zu weit hergeholt. Auch Kommunalpolitiker sind Menschen und versuchen in der Regel ihr Möglichstes zum Wohle der Allgemeinheit zu tun. Und das kann manchmal ganz schön mühsam sein. Nein, das können wir vernachlässigen. Was haben wir noch?«

»Finanziell hatte er keine Probleme. Sein Haus, das alte Feuerwehrhaus, das er sich von seinem Erbe gekauft hat, ist abbezahlt. Er hatte sogar noch etwas Bargeld übrig, kein großes Vermögen, aber auch keine Schulden. Mit seiner einzigen Schwester kam er gut klar. Sie haben sich regelmäßig gesehen. Wie es aussieht auch keine Beziehungsgeschichten. Martin Anton lebte alleine. Hatte keine Freundin. Alles in allem führte er anscheinend ein unspektakuläres, geregeltes Leben. Ein selbstbewusster Schlossermeister.«

Meiner unterbrach seinen Vortrag um sich Schuhe und Strümpfe auszuziehen und den Kaffee zu holen. »Ist das ein toller Abend. Warm, so könnte es bleiben. Alfons Tanne. Was stört mich an ihm?«, kam Meiner übergangslos zum nächsten Punkt und jonglierte mit den Kaffeetassen und der Kanne in der Gegend herum. Renn nahm ihm die Kanne ab, goß den Kaffee ein und sagte:

»Vermutlich stört dich seine Reaktion an diesem Abend. Auf der einen Seite ist der Mann auf Grund seines Berufes mit schweren Verletzungen und letztendlich auch mit dem Tod vertraut, auf der anderen Seite war er geschockt. Und nicht nur ein bisschen. Wobei es zu bedenken gilt, dass der Tote ein guter Freund von ihm war. Da hilft dir deine ganze Professionalität nichts.«

»Wobei ich die Betonung auf den ersten Moment legen würde«, entgegnete Meiner. »Am Ende unserer Unterhaltung kam er mir ziemlich wütend und ohnmächtig vor. Genau wie die Stimmung auf der Beerdigung. Was natürlich auch eine normale Reaktion auf ein Gewaltverbrechen sein kann.«

»Der Mörder hat eindeutig auf sein Opfer gewartet«, fuhr Renn fort. »Er wusste über seine Angewohnheiten Bescheid, muss ihn beobachtet und Erkundigungen eingezogen haben. War also gut vorbereitet. Der Mörder hat Zeit investiert. Und er hat Nerven bewiesen und zwar unabhängig davon, ob ihm das Auto, das Friedrich Wald gesehen hat, gehört hat oder nicht. Wenn der Täter nicht im Auto gesessen hat, muss er den Wagen gesehen haben. Wenn der Autofahrer aber nicht der Täter ist, muss der Mörder irgendwohin verschwunden sein und der Fahrer hat vielleicht doch etwas mitbekommen.«

»Er könnte sich problemlos unter die Zuschauer gemischt haben. Das hieße es war kein Fremder. Der wäre sofort aufgefallen«, fuhr Meiner fort.

Renn schwieg. Er wurde das Gefühl nicht los, etwas Entscheidendes übersehen zu haben. Und er hatte gelernt, seinem Instinkt zu trauen.

»Vielleicht eine Verwechslung. War Martin Anton gar nicht gemeint?«

»Eine Laterne war an. So schlecht waren die Lichtverhältnisse nicht«, argumentierte Meiner. »Wer wusste alles davon, dass Martin Anton an diesem Abend früher nach Hause aufbrechen würde? So wie ich den Bürgermeister verstanden habe, gehen sie normalerweise alle zusammen heim.«

»Wenn es überhaupt keinen Auftraggeber gab? Wenn wir uns zu sehr auf einen Profi eingeschossen haben? Ein Psychopath, der wahllos tötet? Hat das Opfer seinen Mörder gekannt? Ein persönlicher Hintergrund? Der Tatort. Wieso mitten auf der Kreuzung?«, überlegte Renn und winkte gleichzeitig ab, als Meiner ihm eine zweite Tasse Kaffee einschenken wollte. »Da, wo ihn jeder sieht. Wo er relativ schnell gefunden wird.«

»Die Kreuzung ist gut gewählt. Das Opfer kann schnell gefunden werden, wenn der Täter das will. Trotzdem bleibt genügend Zeit, um unbemerkt zu verschwinden«, nahm Meiner den Faden auf. »Nachts ist ja, wie wir gehört haben, nicht so viel los auf der B 419 in Temmels. Hätte dann auf den ersten Blick nach einem Unfall ausgesehen. Kann Alfons Tanne sich an ein entgegenkommendes Fahrzeug erinnern? Dann, Donnerstagabend, so gut wie kein Betrieb auf der Straße. Die Straßenlaterne am Blumenladen war kaputt. Zufall? Unsere Techniker haben jedenfalls nichts Auffälliges feststellen können. Hätte also jemand den Toten an diesem Abend auf der Straße übersehen und übergefahren, wäre doch die Versuchung für den Autofahrer ziemlich groß gewesen, einfach abzuhauen. Wenn es dabei eine Kopfverletzung gegeben hätte, wäre der Mord erst einmal als Verkehrsunfall geführt worden und, wenn überhaupt, als Mord erst später entdeckt worden. Zugegeben, eine eher unwahrscheinliche, aber doch mögliche Variante. Martin Anton hatte ein paar Bier getrunken. Er wäre nicht der erste Betrunkene gewesen, der überfahren wird. Das bedeutet für den Mörder einen nicht unerheblichen Zeitgewinn zum einen und zum anderen eine wenn auch winzige Chance, dass der Mord nicht als Mord aufgefallen wäre.«

»Selbst wenn der Mörder entdeckt oder gesehen worden wäre«, spann Renn den Faden weiter, »könnte er sich immer noch auf seine Samaritertugenden berufen, dass er einem vermeintlich Verletzten nur helfen wollte. So oder so, sowohl der Tatort als auch die Methode sind gut gewählt. Und trotzdem, warum ist er nicht ein gutes Stück weiter die Kirchstraße runter erschossen worden? Dort ist es dunkler, das Risiko für den Täter gesehen zu werden ist wesentlich geringer.«

Renn rührte nachdenklich in seinem Kaffee.

»Wir müssen nochmal mit unserem Zeugen sprechen«, sagte Meiner.

»Der Prof hat als Nebenbefund bei der Autopsie eine seltene Netzhauterkrankung festgestellt, die auch mit Brille oder Operation nicht zu korrigieren ist. Zur Zeit noch nicht sehr weit fortgeschritten, hätte aber wahrscheinlich in einigen Jahren zu erheblichen Einschränkungen beim Sehen geführt. Keiner seiner Kollegen hat davon etwas erzählt. Darauf angesprochen sagte der Hausarzt, moment«, Renn las vor, »davon ist ihm nichts bekannt. Martin Anton habe über keinerlei Probleme mit den Augen geklagt. Er ging zwar regelmäßig zum Augenarzt, aber nur wegen seiner Lesebrille. Wenn sein Patient mit diesem Augenleiden konfrontiert worden wäre, hätte ihn das nach Meinung des Hausarztes nicht wirklich erschüttert. Nicht noch einmal, so hat er sich wörtlich ausgedrückt. Der Arzt musste das Telefonat dann leider unterbrechen, da gerade ein Notfall eingeliefert wurde. Was meint er mit ›nicht noch einmal‹?«, fragte Renn.

Meiners Antwort gar nicht abwartend fuhr er fort: »Wie der Hausarzt Martin Anton beschrieben hat, hatte dieser eindeutig Zivilcourage. Er war mit seiner ganzen Art ein eher unbequemer Mensch, also nicht unbedingt ein pflegeleichter, angenehmer Zeitgenosse, wenn man nicht seiner Meinung war. Gut möglich, dass er sich dadurch Feinde gemacht hat. Aber nur verbal, wie seine Freunde betonen. Martin Anton ist nie durch Gewalt aufgefallen. Aber wie passt da der Schlagring rein?

Warum hat ihn jemand ermordet? Auf einer Straßenkreuzung, für alle sichtbar. Nach dem Motto: ›schaut her‹. Eine Botschaft? Ich kann mir nicht helfen, das passt alles nicht zusammen. Mit dem Hausarzt müssen wir auch nochmal reden.«

Trotz ihrer Recherchen wussten sie einfach noch zu wenig über das Opfer.

»Wir müssen nochmal mit Alfons Tanne sprechen. Da hatte ich schon das Gefühl, dass er nicht alles sagt«, fuhr Renn fort.

Meiner wusste aus Erfahrung, dass er seinen Freund jetzt besser nicht unterbrechen sollte, obwohl ihm die nächste Frage schon unter den Fingernägeln brannte. Deshalb stand er auf, ging in die Küche und kam mit einer Flasche Elbling und zwei Gläsern zurück.

Als er den Wein öffnen wollte, klingelte sein Handy. Renn hörte, wie er etwas von einem Taxi sagte und dann schließlich resigniert ›ein O.K., ich komme dich holen.‹ Zu Renn gewandt sagte er:

»Mein alter Herr. Ich soll ihn und das Geburtstagskind abholen kommen. Die anderen seien Spielverderber, sie seien viel zu früh nach Hause, haben mir beide zusammen am Telefon erklärt. Sie wollten eigentlich zu Fuß kommen, aber er hat immer noch Probleme mit seiner Blase am rechten Fuß. Du weißt, die neuen Wanderschuhe sind schuld. Und Taxis sind nur für andere da. Kannste nichts machen. Bin gleich wieder da.«

Er stellte die Weinflasche in den Kühlschrank zurück, nahm seinen Autoschlüssel, seine Strümpfe und seine Schuhe und ging zur Tür. In diesem Moment ging Renns Handy. Meiner drehte sich um, aber Renn winkte ab. Nach einer guten halben Stunde war Meiner zurück.

»Hab die Beiden oben an der Weinstube Luy abgesetzt. Ich habe so das Gefühl, das wird noch ein langer Abend. Von dort kommt er dann zu Fuß nach Hause. Wirklich entgegenkommend von ihm, findest du nicht?«, sagte Meiner mit einem Grinsen.

Renn sparte sich den Kommentar. Er kannte das. Meiner und sein Vater blieben sich in der Regel nichts schuldig. Sie waren ein gut eingespieltes Team, in jeder Beziehung. Auch was die Verlässlichkeit betraf. Von daher ging er zur Tagesordnung über.

»Das war eben ein Anruf von Grön. Seine Frau arbeitet seit drei Monaten in Grevenmacher bei einer Bank. Sie ist ihrerseits von einer luxemburgischen Kollegin auf den Mord in Temmels angesprochen worden, da diese einen kurzen Bericht im Luxemburger Wort darüber gelesen hatte. Die Arbeitskollegin hat Gröns Frau erzählt, dass Martin Anton auf ihrer Bank kein Unbekannter ist. Er hat dort ein Konto, welches wir noch nicht überprüft haben, weil wir keine Unterlagen darüber gefunden haben. Und jetzt kommt es. Auf diesem Konto gehen jeden Monat regelmäßig seit, Moment, ich hab's aufgeschrieben, seit Mai 1985 rund 500 Euro, damals natürlich 1000 DM, ein. Regelmäßig. Das Geld wird direkt auf ein Sparkonto überwiesen, von dem noch nie auch nur ein Cent abgehoben wurde. Weißt du, was das für eine Summe ist?«, fragte Renn.

»Bingo«, erwiderte Meiner. »Sollte unser aufrechter Schlossermeister vielleicht doch kein so unbeschriebenes Blatt sein? Jeden Monat 500 Euro! Regelmäßig! Nicht schlecht. War ja auch zu perfekt, wie er beschrieben wurde, wenn du mich fragst.«

»Warum überweist jemand jeden Monat so viel Geld? Davon weiß offensichtlich niemand etwas, auch nicht seine Schwester. Zumindest hat es niemand erwähnt. Wir müssen morgen früh sofort mit dem zuständigen Sachbearbeiter der Bank sprechen.«

**Dienstag, 27. Mai 2008 - 9.00 Uhr**
**Grevenmacher/Luxemburg**

Renn und Meiner waren sofort am Dienstagmorgen nach Grevenmacher zu der von Angelika Grön angegebenen Bank gefahren. Nun saßen sie dem für Martin Anton zuständigen Sachbearbeiter, Serge Renard, gegenüber. Der Banker hatte sie ausgesprochen höflich und zuvorkommend behandelt. Serge Renard war ein kleiner Mann von zirka sechzig Jahren mit mausgrauen, kurzen Haaren und einer starken Brille. Seine grünen Augen wirkten hell und wach. Er hatte die Kommissare in sein Büro geführt, Kaffee angeboten und sagte gerade:

»An dem Konto ist nichts Ungesetzliches. Und an dem Sparbuch auch nicht. Zugegeben, es ist ungewöhnlich, dass in all den Jahren kein Geld abgehoben wurde, weder vom Sparbuch, noch vom Konto. Das zu bewerten steht mir allerdings nicht zu. Wir versuchen, unsere Kunden bei der Durchführung ihrer Projekte zu beraten und zu begleiten. Dazu gehört natürlich auch, dass wir unseren Kunden nur das anbieten, was ihrem tatsächlichen Bedarf entspricht.«

»Und Martin Anton hat Ihnen damals genau gesagt, wie Sie mit seinem Geld umgehen sollen?«, fragte Renn.

Überrascht hob Serge Renard den Kopf:

»Ich werde in einem Monat pensioniert. Die Kanzlei Stein war einer meiner ersten Kunden in dieser Abteilung. Martin Anton habe ich erst vor etwa einem Jahr, genauer gesagt vor elf Monaten, kennengelernt. Und das auch nur per Zufall. Mein Mitarbeiter und zukünftiger Nachfolger war etwas voreilig und hat Herrn Anton zu einem Gespräch gebeten. Er wollte ihm verschiedene Vorschläge bezüglich seines Guthabens auf dem Sparbuch unterbreiten.

Und Monsieur Anton hat uns klipp und klar zu verstehen gegeben, dass er keine weitere Beratung wünscht. Er hat behauptet, die ganzen Jahre nichts von dem Geld gewusst zu haben, was natürlich erklären würde, warum es nie eine Kontobewegung gab. Nachdem der Kunde sich von seinem Schreck, ja so kann man es nennen, erholt hatte, hat er mir unmissverständlich erklärt: ›Geld ist nicht alles. Ich möchte, dass das eingegangene Geld regelmäßig auf das Sparbuch überwiesen wird, nicht mehr und nicht weniger. Ich würde es am liebsten vergessen.‹ Er hat mir eine Kontonummer dagelassen und eine Verfügung unterschrieben, dass das Geld an einen Michael Burg überwiesen werden soll, sollte ihm selbst etwas passieren. Das werde ich natürlich jetzt unverzüglich veranlassen. Ich habe mich damals noch gewundert. Wissen Sie, der Wille des Menschen ist sein Himmelreich, wie man so schön in Deutschland sagt. Und der Kunde ist König. Wir sind zuverlässige Partner unserer Kunden und halten uns an Abmachungen. Ich habe Martin Anton seitdem nie mehr gesehen. Und Sie sagen, er ist ermordet worden.«

Der Banker schüttelte heftig mit dem Kopf.

»Unglaublich, was heute alles passiert«, fügte er noch hinzu.

»Als Absender steht hier Kanzlei Stein, Sitz Frankfurt«, sagte Meiner, der den Kontoauszug von Martin Anton in der Hand hielt. »Kennwort Sophia. Ist das auf allen Überweisungen so oder hat sich im Laufe der Jahre der Betrag oder der Absender geändert?«

»Das ist von Anfang an so gewesen. Es hat sich weder am Betrag noch am Absender etwas geändert. Es ist jeden Monat das Gleiche. Ich kenne die Kanzlei Stein. Seriöse Leute, verwalten nur Stiftungsgelder.«

»Und wer sich hinter dem Namen Sophia verbirgt, wissen Sie nicht zufällig?«, fragte Renn.

»Nein, da muss ich leider passen«, entgegnete Serge Renard freundlich.

**Dienstag, 27. Mai 2008 - 11.00 Uhr**
**Mannebach**

Da in der Bank nicht mehr zu erfahren war, fuhren sie noch einmal nach Mannebach zu Klara Burg, der Schwester von Martin Anton.

Klara Burg war selbständig. Sie betrieb einen kleinen Geschenkeladen, in dem sie ihre selbst gefertigten Töpferwaren, aber auch Kleinigkeiten für den alltäglichen Bedarf verkaufte. Zusätzlich war hier die Post untergebracht. Der Laden bestand aus einem großen, rechteckigen Raum. Genau gegenüber der Eingangstür stand die Ladentheke und dahinter befand sich eine breite Tür, die schon beim letzten Mal offen gestanden hatte. Der angrenzende Raum war fast genauso groß wie der Laden und fungierte als Wohnküche. Hier saß Klara Burg und las gerade die Zeitung.

»Die Herren Kommissare. Gibt es etwas Neues?«, begrüßte sie die Polizeibeamten und kam ihnen entgegen.

»Guten Morgen, Frau Burg«, erwiderte Meiner ihren Gruß und fuhr fort. »Wir haben erfahren, dass Ihr Bruder ein Konto und ein Sparbuch bei einer Bank in Grevenmacher hatte, auf das jeden Monat von einer Rechtsanwaltskanzlei 500 Euro überwiesen werden. Die Zahlungen begannen vor zirka vierundzwanzig Jahren, ohne dass bisher auch nur ein einziges Mal Geld abgehoben wurde. Wussten Sie etwas davon?«

Verständnislos schaute Klara Burg die Beamten an.

»Das muss ein Irrtum sein. Davon weiß ich nichts. So viel Geld! Das hätte Martin mir doch gesagt. Nein, das ist ganz sicher ein Irrtum«, sagte sie ungläubig.

»Kein Irrtum Frau Burg«, schaltete Renn sich ein. »Die Überweisung tätigt eine Rechtsanwaltskanzlei Stein in Frankfurt, Stichwort Sophia. Können Sie damit etwas anfangen?«

Anstelle auf die Frage zu antworten, sagte Klara Burg: »Kommen Sie mit in die Küche. Setzen Sie sich doch bitte. Rechtsanwaltskanzlei Stein in Frankfurt. Kennwort Sophia«, wiederholte sie tonlos.

»Sophia hieß die Freundin meines Bruders. Oh nein, hört das denn nie auf. Man soll die Toten ruhen lassen.« Erschöpft ließ sie sich auf einen Stuhl fallen. Renn ließ ihr Zeit. Ihm war nicht entgangen, dass sie die Farbe gewechselt hatte, als der Name Sophia fiel.

»Sophia ist vor zirka vierundzwanzig Jahren, genau am 2. Januar 1985, bei einem Verkehrsunfall ums Leben gekommen. Fahrerflucht. Es war so ein sinnloser Tod. So sinnlos. Sophias Tod hat Martins Leben total verändert. Der Schuldige wurde nie gefunden. Ich kann mir nicht vorstellen, wo das Geld herkommen soll. Ich verstehe das überhaupt nicht.« Und leise fügte sie hinzu. »Martin ist fast verrückt geworden damals. Er konnte mit ihrem Tod überhaupt nicht umgehen. Es war eine grauenhafte Zeit.«

Sie zog die Arme ihres Pullovers über die Hände, sie fröstelte, obwohl es in der Küche angenehm warm war.

»Frau Burg, Sie sagen, der Täter wurde nie gefunden. Könnte Ihr Bruder eventuell herausgefunden haben, wer für den Tod seiner Freundin verantwortlich war?«

»Er wollte es herausfinden, ja. Und zwar unbedingt. Er ist damals jeden Tag zur Polizei gelaufen und hat nach Ergebnissen gefragt. Als das nichts gebracht hat, hat er auf eigene Kosten einen Privatdedektiv eingeschaltet. Aber der hat auch nichts gefunden. Martin war innerlich wie zerfressen von Rachegedanken. Es war schrecklich.«

»Was haben Sie für eine Erklärung, wo könnte das Geld Ihrer Meinung nach herkommen?«, hakte Meiner nach.

»Ich weiß es nicht, wirklich nicht«, antwortete Klara Burg.

»Hat sich Ihr Bruder im letzten Jahr irgendwie verändert? Hat er wieder von seiner verstorbenen Freundin gesprochen?«

»Nein, verändert hat er sich nicht. Er war wie immer. Und von Sophia hat er sowieso oft gesprochen. Sein Therapeut, ohne den er damals verrückt geworden wäre, hat ihm das auch angeraten. Er bräuchte sie nicht zu vergessen, hat er immer gesagt. Aber er soll in Frieden an sie denken. Und das hat Martin auch geschafft. Wirklich. Er hat den Verlust überwunden. Seit dieser Zeit engagiert er sich in der Feuerwehr, in der Gemeinde. Alles ehrenamtlich. Er hat immer gesagt: ›Ich habe im Leben nichts mehr zu verlieren.‹ Er hat seitdem nie mehr eine Freundin gehabt. Nie wieder, in all den Jahren.«

Ein Ausdruck tiefer Trauer legte sich auf Klara Burgs Gesicht. Nach dem Namen des Therapeuten ihres Bruders gefragt, musste Klara Burg die Kommissare an den Hausarzt verweisen.

»All die Jahre die Einzahlungen. Schwer zu glauben, dass Martin Anton nichts von dem Geld wusste«, sagte Meiner, als sie wieder im Auto saßen.

»Zumindest wäre es sehr ungewöhnlich. Könnte er jemanden erpresst haben? Aber warum kennt ihn dann in der Bank niemand? Zumindest noch vor einem Jahr war er dort ein Unbekannter. Weil ihn nicht das Geld interessiert hat, sondern seine Rache? Und so, wie seine Schwester seinen Zustand beschreibt, war er ja nach dem Tod seiner Freundin auf einem Rachefeldzug. Ruf Frau Burg nochmal an und lass dir den Namen des Privatdetektivs geben. Wir brauchen mehr Informationen«, sagte Renn und bog in die Mannebacherstraße ab. Sie wollten zurück zur L136, um über Tawern und Fellerich nach Temmels zu fahren.

»Und Schmitta soll die Kanzlei Stein in Frankfurt ausfindig machen. Telefonkonferenz steht an, würde Boss jetzt sagen«, fügte er lakonisch hinzu.

Wie sich herausstellte, hatte Alfons Tanne Spätschicht. Sie vereinbarten mit seiner Frau am nächsten Tag nachmittags zu kommen. Da sie auch den Bürgermeister nicht antrafen, telefonierte Renn in der Mittagspause mit der Kanzlei Stein. Aber auch hier keine neuen Erkenntnisse. Die Stiftung Sophia war vor vierundzwanzig Jahren, zirka ein halbes Jahr nach dem Tod von Sophia Stern, Martin Antons damaliger Freundin, anonym eingerichtet worden und unterstützte neben Martin Anton auch noch die Lebenshilfewerkstätten in Trier. Renn wurde mitgeteilt, dass verfügt war, dass nach Martin Antons Ableben dessen Anteil ebenfalls an die Lebenshilfewerkstätten ginge. Es gab keine Spendernamen, keine Firma, nichts. Völlige Anonymität, wobei ihm versichert wurde, dass dieses Vorgehen gesetzlich einwandfrei und durchaus kein Einzelfall war.

Die weiteren Ermittlungen ergaben, dass Martin Anton damals eine Detektei aus Trier beauftragt hatte. Die Detektei existierte nicht mehr, ihr Besitzer war vor fünf Jahren verstorben. Meiner konnte die damalige Sekretärin ausfindig machen, die sich noch sehr gut an Martin Anton erinnern konnte, da er damals einer ihrer auffälligsten Kunden war. Auffällig dahingehend, dass er nicht nur über die Maßen ungeduldig gewesen sei, sondern auch gewaltbereit und streitsüchtig. Man habe deutlich gemerkt, dass er psychisch sehr angeschlagen war und mit dem Tod seiner Freundin überhaupt nicht klar kam. Er wollte unbedingt den Schuldigen finden und für seine Bestrafung sorgen. Doch die Ermittlungen hätten nichts gebracht. Noch nicht einmal einen Verdächtigen. Die Fahrerflucht konnte nicht aufgeklärt werden. Und beide, sie und ihr Chef, seien richtig froh gewesen. Ihr Chef habe immer befürchtet, dass Martin Anton dem Täter, sofern sie ihn ausfindig gemacht hätten, etwas antun würde. Sämtliche Akten seien damals bei der Einstellung des Geschäftsbetriebs vernichtet worden, erklärte sie.

Der Hausarzt hatte Zeit gefunden und Renn zurückgerufen. Er müsse sich kurz fassen, im Augenblick sei wieder viel los. Die Frage, ob Martin Anton immer noch zu seinem Therapeuten ging, verneinte der Arzt konsequent. Er sei nach seiner dreijährigen Therapie nach dem Tod seiner Freundin wieder vollständig der Alte gewesen, was selten genug vorkomme und nur dem Therapeuten zu verdanken gewesen wäre. Er könne bestätigen, dass Martin Anton eine wirklich schlimme Zeit hatte, aber Jonathan Mennen, der Psychologe, habe ihm helfen können und Martin zwar nicht sein altes Leben, aber ein normales Leben zurückgegeben. Und Martin Anton sei stabil geblieben. Er habe noch ein einziges Mal um eine Überweisung gebeten, weil er eine Zweitmeinung, so hätte er sich damals ausgedrückt, bräuchte. Worum es dabei gegangen sei, entziehe sich seiner Kenntnis.

Nachdenklich ergänzte Renn: »Er hat mir erklärt, als die Freundin von Martin Anton, Sophia Stern, ums Leben gekommen ist, musste Anton einige Jahre lang die Hilfe eines Psychologen in Anspruch nehmen. Er sei fast an ihrem Tod zerbrochen. Es sei harte Arbeit gewesen und es habe ein halbes Jahr gedauert, um Martin Anton von seinen destruktiven Rachegedanken abzubringen und weitere zweieinhalb Jahre bis er die schwere Depression, in die er hineingerutscht war, überwunden hat. Vollständig überwunden, wie er betonte. Mit Hilfe des Therapeuten und einer neuen Aufgabe, die vielen Ehrenämter sind damit gemeint, habe er es geschafft. Von daher hätte ihn die Netzhauterkrankung, die der Prof festgestellt hat, sicherlich nicht aus der Bahn geworfen. Martin Antons Einstellung, die er seit Sophia Sterns tragischem Unfalltod verinnerlicht hatte war, dass niemand seinem Schicksal ausweichen könne.«

Renn stand auf, streckte sich und fuhr fort:

»Martin Anton hat vor genau einem Jahr noch einmal mit seinem Psychologen gesprochen. Also zu der Zeit, als er von dem Konto und den regelmäßigen Zahlungen erfahren hat. Der Arzt betont, dass er nur ein einziges Mal da war. Sein Patient sei gesundheitlich voll auf der Höhe gewesen, es habe keine Anzeichen einer Depression oder einer sonstigen psychischen Belastung gegeben.«

Nun saßen sie wieder auf Meiners Terrasse. Meiner wollte noch eben seinen Vater vom Kartenspielen abholen, als Renns Handy klingelte. Meiner sah an Renns Gesicht, dass sein Vater sich heute wohl doch mit einem Taxi begnügen musste. Er konnte sich ein Grinsen nicht verkneifen. Das Telefonat war nur kurz.

»Wir müssen nach Temmels«, sagte Renn. »Das heißt, genauer gesagt, zum Kreuz, etwas außerhalb von Temmels, Richtung Fellerich-Tawern. Autounfall auf der L136, eine Tote. Die Kollegen glauben, dass an dem Auto manipuliert wurde.«

Meiner hatte in Rekordgeschwindigkeit seinen Vater informiert.

Er hatte gewartet. Fünf Tage. Genauso lange wie geplant. Die Gerüchteküche kochte. Exakt nach Plan. Das Auto war entsorgt. Teuer, aber entsorgt. Warum war er dann nicht zufrieden? Er wusste die Antwort. Er hatte ihn nicht gefunden. Er würde es zu Ende führen. Kein wirklicher Fehler. Kein wirkliches Problem. Den zweiten Punkt auf seiner Liste konnte er abhaken. Absolute Handlungsfreiheit. Das war eine seiner Bedingungen. Schließlich gehörte er zu einem elitären Kreis, bei dem Eigeninitiative Voraussetzung war. Man würde ihm zu seinem Weitblick gratulieren. Er war nicht umsonst der Beste.

**Mittwoch, 28. Mai 2008 – 12.00 Uhr**
**Büro Temmels**

Kriminalhauptkommissar Meiner schüttelte den Kopf.
»Zwei Morde innerhalb von fünf Tagen in einem kleinen Dorf. Und vorher war das schlimmste Verbrechen, dass Jugendliche hier und da unten neben der alten Schlossruine eine ungenehmigte Party feierten. Wenn ihr mich fragt, wetten, dass zwischen den beiden Morden ein Zusammenhang besteht?«
Auffordernd blickte Meiner in die Runde. Aber die Kollegen gingen nicht auf seine Frage ein.
»Keine Chance«, erwiderte Kommissarin Schmitt lachend. »Dafür kennen wir dich und deine Erfolgsquote beim Wetten zu gut!«
»Darüber lässt sich trefflich spekulieren«, antwortete ihm stattdessen Oberstaatsanwalt Boss. Die Sonderkommission Fünfundfünfzig elf, kurz FFE-5511 genannt, saß fast vollständig im Büro in Temmels. Es fehlten Oberkommissar Albrecht und Oberkommissar Hai. Die beiden Ermittler waren nach Konz ins Notariat Müller-Schmitt unterwegs, um mit den Kollegen und dem Chef von Antonia Dinello, der Toten vom Temmelser Kreuz, zu sprechen. Der Oberstaatsanwalt hatte die Ermittlungen dieses zweiten Mordfalles in Temmels ebenfalls auf die Soko FFE-5511 übertragen, die auch im Mordfall Martin Anton ermittelte.
Die Soko FFE-5511 hatte ihr Quartier in der Einliegerwohnung von Bernhard Bewler aufgeschlagen. Der Bürgermeister hatte Renn das am Dienstagabend während ihres Telefonates spontan angeboten. Die Wohnung stand ohnehin leer. Renn hatte sich sofort einverstanden erklärt und den Schlüssel auch mühelos nach Bewlers Beschreibung gefunden. Ihnen standen zwei mittelgroße Räume mit einer kleinen Küche und einem kleinen Bad zur Verfügung. Für ihre

Zwecke mehr als ausreichend. Sie hatten schon unter ganz anderen Bedingungen gearbeitet. Und mit Telefon, Computer und Internet war das alles überhaupt kein Problem. Ihre Techniker hatten wie immer schnell und zuverlässig alles bereitgestellt. Im Stillen musste Renn grinsen. Effizientes Arbeiten bzw. im Umkehrschluss das Fehlen von Effizienz, ein sehr weites Feld also, waren nicht unbedingt das Hauptthema, aber eines seiner Themen bei der Studientagung für Polizeibeamte, Richter, Staatsanwälte und Interessierte letzten November in der katholischen Akademie in Trier gewesen.

Das Opfer, die 38-jährige Antonia Dinello, war inzwischen in der Pathologie. Renn erwartete jede Minute einen Bericht des zuständigen Pathologen, Professor Kaiser. Es war 12.00 Uhr mittags und Renn hatte, ebenso wie Meiner und die anderen Kollegen, seit sie gestern Abend zum Tatort gerufen worden waren, weder geschlafen noch gefrühstückt. Dass sie im Mordfall Martin Anton nicht wirklich weiterkamen und nicht einmal eine heiße Spur hatten, machte die Sache nicht besser.

Die Ermittler hatten heute morgen den Haustürmarathon abgelegt und Nachbarn und Freunde befragt. Alle Nachbarn, außer einem Rentner, der jeden Morgen mit seinem Hund immer um die gleiche Zeit seinen Rundgang machte, waren angetroffen worden.

Während Kommissar Grön Kaffee verteilte und eine Tüte mit Croissants herumreichte, die er beim Tanken in Grevenmacher erstanden hatte, begann Renn:

»Es gibt im Augenblick keinen direkten Hinweis, dass die Fälle zusammenhängen, wir können es aber auch nicht ausschließen«, sagte er Richtung Meiner gewandt.

»Wir haben zwei Morde innerhalb von fünf Tagen. Das Opfer des zweiten Mordes, Antonia Dinello, war 38 Jahre alt. Bei der Befragung der Nachbarn und der drei Freundinnen kommen zwei Sachen klar raus«, fuhr Meiner fort.

»Zum einen war sie generationenübergreifend sehr beliebt, zum anderen offensichtlich eine begnadete Künstlerin. Ihre Kunstobjekte, vor allen Dingen Skulpturen, stellt sie regelmäßig in Trier und Umgebung aus, seit einigen Jahren wohl auch in Luxemburg. Zuletzt eine wohl kleinere Auswahl ihrer Arbeiten in den Fluren der Verbandsgemeinde Konz. Der Verbandsbürgermeister soll ein großer Kunstliebhaber sein. Durch ihre Ausstellungen und ihre Kurse hat sie wohl einen relativ hohen Bekanntheitsgrad hier in der Gegend, was auch das Interesse sowohl des Trierischen Volksfreundes als auch der beiden Luxemburger Zeitungen, dem Wort und dem Tageblatt, erklärt. In allen Zeitungen heute übrigens ein kurzer Bericht. Die Öffentlichkeit ist hergestellt, wie es so schön heißt. Im Ländchen ist der Mord allerdings das Gesprächsthema Nummer eins. Sogar RTL hat berichtet und eine Reportage über das Werk der Künstlerin angekündigt.

Laut Aussage ihrer Freundinnen haben sie sich gegen 22.45 Uhr vor der Pizzeria voneinander verabschiedet. Um diese Uhrzeit seien sie immer nach Hause gefahren, da alle vier am nächsten Tag arbeiten mussten. An diesem Abend sei ihnen nichts Ungewöhnliches am Verhalten von Antonia Dinello aufgefallen. Sie sei wie immer gewesen. Außer, dass sie das Auto ihres Mannes dabei hatte, da sie den Wagen für ihren Mann am späten Nachmittag, genau um 18.30 Uhr, in einer Autowerkstatt am Verteilerring in Trier abgeholt hatte. Ihren eigenen Wagen hat sie in Konz auf dem Parkplatz des Notariats stehen lassen. Sie hat ausnahmsweise an diesem Tag länger gearbeitet. Das komme nicht so oft vor, nur vor großen Vertragsabschlüssen. Und da die Kanzlei sehr viel für Luxemburger Banken tätig sei, übrigens auch für die Bank ihres Ehemannes, seien für Dienstag und Mittwoch Überstunden vorgesehen gewesen. Eine Kollegin, die in Trier noch einen Französischkurs besuchen wollte, hat sie dann vor der Autowerkstatt abgesetzt. Normalerweise hätte ihr Mann seinen Wagen selbst abgeholt, da er danach einen Termin mit einem Kunden in Trier hatte. Herr Dinello hat dann festgestellt, dass er sich bei dem Termin im Datum geirrt hat. Er hat seine Frau angerufen und sie gebeten, den Wagen für ihn abzuholen, damit er noch im Büro in Luxemburg weiterarbeiten konnte.

Ihr fünfjähriger Dackel ›Angelo‹ war mit im Auto, ist aber seit dem Unfall verschwunden. Rauter und seine Leute haben etwa einen halben Kilometer um die Unfallstelle herum nach ihm gesucht, ohne Erfolg. Der Prof meint, der Hund sei sehr wahrscheinlich verletzt und habe sich irgendwo versteckt, um seine Wunden zu lecken.«

Meiner trank einen Schluck Kaffee, schnappte sich noch ein zweites Croissant und fuhr fort:

»Antonia Dinello hatte also ab zirka 19.00 Uhr mit ihren Freundinnen in der Pizzeria in Tawern zusammen gegessen, was die Damen seit Jahren regelmäßig an jedem letzten Dienstag im Monat praktizieren. Sie arbeitete im Sekretariat des Notariates Müller-Schmitt in Konz, war verheiratet mit Marco Dinello. Das Paar hat zwei Kinder, Mädchen, Zwillinge, 18 Jahre alt, die gerade Abitur gemacht haben. Frau Dinello hat keine Geschwister, die Eltern wohnen in Rom. Ihr Ehemann ist Jurist, arbeitet seit Jahren bei einer großen italienischen Bank in Luxemburg in leitender Position in der Kreditabteilung. Er ist ebenfalls wie sie Italiener. Ihr Ehemann ist 15 Jahre älter als sie. Die Ehe gilt als glücklich. Sie war wohl seine ganz große Liebe. Beide haben einen großen Freundeskreis. Das Ehepaar ist Mitglied im Kegelverein, der aus acht Ehepaaren besteht und sich vierzehntägig in der Kneipe ›Beim Becker‹ trifft. Sie leben seit neun Jahren in Temmels, waren voher in Frankfurt ansässig. Marco Dinello ist dann von seiner Bank nach Luxemburg versetzt worden. Wie die Freundinnen bestätigt haben, waren beide sehr gut in das Dorfleben integriert. Nach Aussage des Ehemannes leben sie gerne in Temmels, wollen auch nicht mehr weg, obwohl der Ehemann vor einem halben Jahr ein gutes Angebot aus der Schweiz erhalten hatte. Dann hätten sie aber umziehen müssen und das wollten offensichtlich beide nicht. Auch das wurde von den drei Freundinnen der Toten sowie einer Nachbarin, Anna-Maria Bauer, sage und schreibe 92 Jahre alt, bestätigt. Frau Dinello war beliebt, in der Gemeinde aktiv, ehrenamtlich in der Seniorengruppe der Gemeinde tätig.

Die Kinder, Francesca und Gabriella, haben wie gesagt, gerade Abitur gemacht und befinden sich im Moment auf einer Reise durch Australien, die bis Mitte August dauert. Ihre Eltern hatten ihnen diesen Aufenthalt zum bestandenen Abitur geschenkt. Frau Bauer hat erzählt, dass die Kinder sich ausbedungen hatten, völlig frei zu reisen, womit wohl gemeint war, dass sie auch nicht per Handy erreichbar sind. Das war wohl ihr spezieller Wunsch fürs Abitur. Herr Dinello sei eben ein sehr besorgter Vater, ein richtiger Italiener eben, wie Frau Bauer meinte. Aber die Mutter habe den Wunsch ihrer Töchter verstanden und sie unterstützt, sodass sie jetzt für den Vater auch in dieser Notsituation nicht erreichbar sind. Niemand, weder der Ehemann, noch die Freundinnen oder die Nachbarn, mit denen wir bisher gesprochen haben, kann sich den Mordanschlag erklären.

An einem Reifen des Wagens, ein Alfa Romeo, genauer gesagt am rechten Hinterreifen, ist offensichtlich manipuliert worden. Sieht aus wie ein Schnitt, Genaueres von den Technikern in den nächsten Tagen. Infolgedessen hatte das Opfer auf der L 136, in der Kurve zwischen Temmels und Fellerich oberhalb von Temmels, am Kreuz, wie die Einheimischen die Stelle nennen, massive Probleme, den Wagen auf der Straße zu halten und wurde aus der Kurve geschleudert. Tod durch Genickbruch, soviel konnte der Prof vor Ort schon feststellen. Ob Drogen oder Alkohol im Spiel waren, werden wir in den nächsten Tagen erfahren. Laut Aussage ihrer Kolleginnen hat Frau Dinello sehr selten Alkohol getrunken, schon gar nicht, wenn sie noch Autofahren musste.

Gefunden hat sie ein neunzehnjähriger Schüler, Andreas Simonek, der sofort den Rettungswagen und die Polizei verständigt hat. Der Unfall hat sich quasi vor seinen Augen abgespielt, um 22.55 Uhr. Der junge Mann war völlig aufgelöst. Er hat den Wagen natürlich erkannt und Antonia Dinello am Steuer gesehen. Er konnte überhaupt nicht verstehen, dass sie den größeren Wagen fährt und beobachtete jedenfalls im Rückspiegel, wie sie versucht hat, den Wagen nach rechts auf die Wiese zu ziehen. Dafür sei sie aber zu schnell gewesen. Der junge Mann hat verbissen probiert, Antonia Dinello aus dem Auto zu befreien, ist aber an der festgeklemmten Tür gescheitert, obwohl das Fahrerfenster kaputt war und er auch von innen versucht hat, die Tür zu öffnen. Von seiner fehlgeschlagenen Rettungsaktion hat er tiefe Schnittwunden an beiden Händen zurück behalten. Außer ihm war niemand an der Unfallstelle bis die Feuerwehr, die Polizei und der Rettungswagen kamen. Um diese Uhrzeit sei mitten in der Woche auf der Strecke in der Regel nicht so viel los. Andreas Simonek kam von einer Party, die er frühzeitig verlassen hat, weil er sich nicht wohl gefühlt hat. Er habe sich wahrscheinlich bei einem Freund angesteckt, der mit einer Virusgrippe das Bett hütet und den er vor drei Tagen besucht hat. Wie sich herausgestellt hat, war er eine Zeit lang mit Francesca Dinello zusammen. Sie waren in der gleichen Stufe, haben zusammen Abitur gemacht und sind, wie er betonte, in Freundschaft auseinandergegangen. Ich hatte den Eindruck, dass die Trennung nicht von ihm ausging. Der Vater sei strikt gegen ihre Beziehung gewesen. Er sei sowieso viel zu streng, die Mutter sei ganz anders gewesen. Der Zeuge hat ebenfalls ausgesagt, dass die Zwillinge bis Mitte August nicht zu erreichen sind. Das hätten sie mit Hilfe ihrer Mutter bei ihrem Vater durchgesetzt.«

Meiner beendete die Zusammenfassung. Er hatte wie immer, alles vorgetragen, ohne ein einziges Mal in seine Unterlagen zu schauen.

»Habt ihr schon was zur finanziellen Situation?«, fragte Oberstaatsanwalt Boss.

»Keine Auffälligkeiten«, erklärte Kommissar Grön. »Die Familie scheint finanziell abgesichert. Marco Dinello hat uns ohne zu zögern Einblicke in die Konten gewährt. Man könnte die Familie als wohlhabend bezeichnen, sowohl von Seiten des Ehemanns, wie gesagt, er arbeitet in leitender Position bei einer großen italienischen Bank in Luxemburg, als auch von Seiten des Opfers. Frau Dinello hat von ihren Eltern ein nicht unerhebliches Vermögen geerbt. Das Haus in Temmels hatten ihre Eltern unter anderem auch bezahlt. Ein Ferienhaus in Mallorca, mehrere Urlaube im Jahr, alles in allem ein finanziell gesichertes Leben. Ihre Tätigkeit im Notariat Müller-Schmitt in Konz war von daher nicht dem Broterwerb geschuldet, wie der Ehemann gestern abend ausdrücklich betonte. Seine Frau sei ein sehr reger Mensch gewesen und sie habe ihre Kraft für alle möglichen Dinge eingesetzt, wie er es nannte. Es gibt eine Lebensversicherung zu ihren Gunsten, sollte ihrem Ehemann etwas zustoßen. Umgekehrt besteht keine. Darauf angesprochen hat Herr Dinello das damit begründet, dass er dieses Geld als zusätzliche finanzielle Absicherung für seine Familie ansieht, falls ihm mal etwas passieren würde.«

»Also mit Sicherheit sieht er ein anderes finanzielles Netz für seine Familie als nötig an als unsereins«, warf Schmitt ein.

»Jeder in seiner Rolle, wie Rainer immer sagt«, antwortete Meiner ihr und fuhr fort. »Marco Dinello hat gestern bis zirka 20.00 Uhr in der Bank gearbeitet, ist dann nach Hause gefahren, hat eine Kleinigkeit gegessen, war noch am Computer und hat dann ferngesehen. Der Fernseher lief noch, als wir ihm die Todesnachricht gestern Abend überbracht haben. Der Mann wirkte erschüttert, war aber bereit und in der Lage, Fragen zu beantworten. Scheint ein sehr strukturierter Mensch zu sein, was wohl auch mit seinem Beruf zu tun hat. Er war, wie gesagt, äußerst kooperativ. Er hat keine Erklärung für den Mord, hält es aber für unwahrscheinlich, dass seine Frau gemeint war. Das müsse eine Verwechslung sein. Sie habe keine Feinde gehabt und sei auch so gut wie nie mit seinem Wagen gefahren. Seine Frau sei prinzipiell nicht gerne Auto gefahren und sie habe den Führerschein erst vor drei Jahren auf das Drängen von Madame Michelle Bertrand, ihrer Künstlerfreundin, übrigens Luxemburgerin und eine der Damen aus der Pizzeria in Tawern, gemacht. Seiner Frau sei sein Wagen einfach immer zu groß gewesen. Er machte sich die größten Vorwürfe, sie dazu überredet zu haben den Wagen aus der Werkstatt abzuholen. Fragte immer wieder, ob wirklich an dem Wagen manipuliert worden sei. Das klinge so unwahrscheinlich. Zusätzlich belaste es ihn ungeheuer, dass er seine Kinder nicht erreichen kann. Auf unsere Frage, wenn seine Frau nicht gemeint war, wer denn einen Grund hätte ihn selbst umzubringen, hatte er keine Antwort. Er sei in der Kreditabteilung der Bank tätig, prüfe Verträge, habe vorwiegend mit Privatkunden zu tun. Auch Großkunden. Hier und da bearbeitet er auch kleinere Verträge von italienischen Pizzerien oder anderen Kleinunternehmern italienischer Herkunft. Und da er einer der wenigen Mitarbeiter in seiner Bank sei, die italienisch in Wort und Schrift beherrschen, habe er diese Sparte mit übernommen. Für die Bank sei das zwar nur Kleinkram, diese Tätigkeit sei jedoch Ehrensache für die Bank. Seine italienischen Landsleute seien zwar gut integriert und seit Jahren in Deutschland und Luxemburg tätig, aber ihre Finanzgeschäfte erledigten sie am liebsten mit einer italienischen Bank. Der letzte Rest an Heimatverbundenheit, hat er das genannt. Das seien aber im Verhältnis kleine Summen.

Er habe keine Erklärung für den Mord. Er gibt an, bis 20.00 Uhr in der Bank gewesen zu sein. Dann habe er Schluss gemacht und sei nach Hause gefahren. Er hat um 20.35 Uhr in Grevenmacher getankt und noch etwas Butter und Brot für abends eingekauft, da seine Frau ja nicht zu Hause war. Er hat um 21.03 Uhr noch drei E-Mails verschickt und dann vor dem Fernseher gesessen, allein«, beendete er seinen Bericht.

»Frau Dinello war anscheinend äußerst hilfsbereit«, ließ sich Schmitt vernehmen. »Unter anderem hat sie, wie uns die Nachbarin, Anna-Maria Bauer erzählt hat, für die 92-jährige alte Dame regelmäßig bei deren Hausarzt angerufen, um deren Blutwerte, genauer gesagt ihren aktuellen Blutgerinnungswert, zu erfahren. Frau Bauer hatte ›zu dickes‹ Blut, wie sie es ausdrückte und musste deshalb regelmäßig zur Analyse und dann, abhängig vom Ergebnis, eine bestimmte Anzahl von Tabletten einnehmen. Frau Dinello habe sie nicht nur unentgeltlich regelmäßig einmal die Woche nach Tawern zu ihrem Hausarzt gefahren, wo man ihr dann Blut entnommen hat. Sie habe auch nachmittags mit der Praxis telefoniert und ihr dann, nach Rücksprache mit dem Arzt, die Medikamente für die ganze Woche zusammengestellt.

Außerdem sei Antonia Dinello gegen dieses neue Dorf gewesen, oben auf dem Fellericher Plateau. Auch das hat Frau Bauer gut gefallen. Sie sei ja zu alt für eine Bürgerinitiative, aber Frau Dinello sei zu dem Informationstreffen der Bürgerinitiative ›Stoppt das Projekt Golfpark‹ gegangen und Mitglied der Bürgerinitiative geworden. Hierbei handelt es sich wohl um einige Temmelser, Nittler und Tawerner, darunter ein paar sehr engagierte junge Frauen, die sich zusammengetan haben, um für die Wohn- und Lebensqualität in und um Temmels zu streiten, und die konsequent gegen das Projekt Golfpark auf dem Fellericher Plateau sind. Mit dabei sei auch diese neumodische Partei, die Grünen, wie sie genannt würden. Die hätten wenigstens von Anfang an die Temmelser in ihrem Vorgehen gegen die ihrer Meinung nach ungesetzliche Baulanderschließung auf der grünen Wiese und den ungeheuren Landschaftsverbrauch durch den riesigen Golfpark unterstützt. Das hat der alten Dame außerordentlich imponiert.

Sie sei Lehrerin gewesen und vor dreißig Jahren als eine der ersten Frauen in den Gemeinderat von Temmels gewählt worden und immer noch über alles auf dem Laufenden, trotz ihrer 92 Jahre, hat die Zeugin stolz erzählt. Frau Dinello und ihr Mann, der zur Zeit dem Gemeinderat von Temmels angehört, würden ihr immer alles berichten. Sie könne ja leider die Zeitung nicht mehr lesen, da ihre Augen immer schlechter würden. Ein Motiv für den Mord weiß sie auch nicht. Ihrer Meinung nach kann es sich nur um eine Verwechslung handeln. Die alte Dame war sich sicher, dass niemand Frau Dinello auch nur ein Haar krümmen könnte.«

»Das wäre dann noch eine Verwechslung«, warf Meiner kopfschüttelnd ein.

Renn holte sich einen zweiten Kaffee und verteilte die restlichen Croissants.

»Der Ehemann ist 15 Jahre älter?«, fragte Oberstaatsanwalt Boss.

»Antonia Dinello war eine außergewöhnlich schöne Frau, das hat man trotz ihrer Verletzungen sehen können«, warf Renn ein.

»Dem kann ich nur zustimmen«, entgegnete Meiner. »Groß, schlank, lange dunkle Locken, schönes Gesicht. Laut Nachbarn und Freundinnen hat ihr Ehemann sie vergöttert und ihr jeden Wunsch von den Lippen abgelesen. Obwohl ihr Mann 15 Jahre älter war, sollen sie sehr glücklich gewesen sein, wie die alte Frau Bauer ausdrücklich betont hat. Streit habe es so gut wie nie gegeben, höchstens mal wegen der Kinder. Ansonsten galten die Dinellos wohl als das perfekte Ehepaar.«

»Wobei mich perfekte Ehepaare auch stutzig machen«, entgegnete Renn.

Oberstaatsanwalt Boss wollte gerade etwas erwidern, als sein Handy klingelte.

»Meine Sekretärin. Machen Sie bitte ohne mich weiter. Morgen, gleiche Zeit. Ich rufe an«, wandte er sich an Renn.

Dieser nickte und während Boss sich erhob und hinausging, ging Renn, in der linken Hand den Kaffee, in der rechten einen Bleistift, zu einer Karte, die die Unfallstelle an der L 136 zeigte. Boss steckte nochmal den Kopf zur Tür herein. »Die Schaltung steht doch?« fragte er. Als Renn wieder zustimmend nickte, machte er die Tür wieder zu. Meiner musste grinsen. Boss hatte auf eine Telefonverbindung mit Bildschirm bestanden. Seit Boss in Amt und Würden war, hatte er in allen Abteilungen eine Runderneuerung in Sachen Computer durchgesetzt, einschließlich Schulungen für die Mitarbeiter, und zwar unabhängig von ihrer Position und ihrem Alter, was für manche etwas ganz Neues war. Offensichtlich war er bemüht, den Geist des alten Oberstaatsanwaltes, Harald Kronenberg, gründlich auszutreiben, einschließlich dessen Phobie gegen die Technik und alles was damit zusammenhing. Und nicht nur das, vermutete Meiner. Boss war der Ruf vorausgeeilt, nichts dem Zufall zu überlassen. Er hatte sich vor kurzem in der Nähe des Gerichts eine große alte Villa gekauft, die er derzeit renovierte. Darauf angesprochen, so in der Nähe seiner Arbeitsstätte zu wohnen, hatte er ganz pragmatisch geantwortet, dass er lange Wege hasse. Er habe kein Problem in direkter Nähe zu seinem Arbeitsplatz zu wohnen. Höchstens seine Gegner. Sogar seine Sekretärin hatte er mitgebracht, was für eine nicht unerhebliche Aufregung gesorgt hatte, da Kronenbergs Sekretärin nur ungern bereit war, ihr Büro zu räumen. Man hatte sie schließlich beschwichtigt, indem man ihr ihren schon lange gehegten Wunsch erfüllte und ihr eine Teilzeitstelle, genauer gesagt eine Viertagewoche, genehmigte.

»Hier ist die Unfallstelle«, begann Renn und zeigte auf die Karte. »Der Mörder muss sich nicht nur mit Autos auskennen, sondern auch gute Ortskenntnisse gehabt haben. Der Reifen war angeritzt. Das heißt, die Luft ging nach und nach raus, was natürlich vom Fahrer nicht sofort bemerkt wird. Bei starkem Bremsen treten dann, je nach dem wie viel Luft sich noch in dem Reifen befindet, Probleme auf. Kommt dann eine einseitige Belastung des Reifens hinzu, wie hier an der Kurve, destabilisiert das den Wagen. Für einen ungeübten Fahrer ist das eine gefährliche Situation. Und Frau Dinello war ungeübt, da sie laut Aussage ihres Ehemannes den Führerschein erst seit drei Jahren hatte und Autofahren offensichtlich nicht zu ihren Hobbys gehörte. Zusätzlich ist an der Bremsleitung manipuliert worden. Der Mörder wollte also ganz sicher gehen. Ich denke, der komplette Bericht des LKA wird uns am Freitag vorliegen.

Frau Dinello hat den Wagen für ihren Mann von der Werkstatt abgeholt,« fuhr Renn fort. »Wir müssen also die Möglichkeit in Betracht ziehen, dass der Anschlag gar nicht ihr, sondern ihrem Mann gegolten hat«, sagte er und setzte sich wieder an seinen Platz, bevor er fortfuhr. »Fragt sich, wer alles wusste, dass der Wagen in der Werkstatt war und Frau Dinello ihn abholen würde, und nicht ihr Mann. Sie hat den Wagen vor dem Parkplatz des Kindergartens in Tawern geparkt, da vor der Pizzeria kein Platz mehr war. Schmitta und Grön, ihr beide übernehmt bitte die Werkstatt in Trier und die Anwohner um den Marktplatz in Tawern. Konzentriert euch auf die Zeit zwischen 19.00 und 22.45 Uhr. Fragt auch mal im Kindergarten nach. Vielleicht war abends die Putzfrau da oder sonst irgendjemand. Schmitta, und rufe bitte Friedrich Wald an und melde uns für heute nachmittag an. Ebenso nochmal Alfons Tanne. Mit dem müssen wir auf jeden Fall heute sprechen.«

Draußen hörte man einen Wagen vorfahren und kurz danach betrat Oberkommissar Albrecht den Raum.

»Gemütlich habt ihr es hier. Und Kaffee gibt's auch schon. Sehr gut.« Er schnappte sich einen Becher Kaffee und ein Croissant und sagte:

»Hai ist nach Nittel weitergefahren. Ihr wisst ja, wegen der Sozialstation.«

Oberkommissar Rudolf Hai stammte ursprünglich aus Nittel. Er war derjenige, der sich von den Örtlichkeiten her am besten auskannte. Und das war ein nicht zu unterschätzender Vorteil. Ausgestattet mit einem gesunden Menschenverstand, war er trotz seiner jungen Jahre schon ein erfolgreicher Ermittler. Bei dem Mord 2004 an einer jungen Frau aus Nittel hatte Hai die entscheidenden Hinweise von einem Einheimischen erhalten. Der Angeklagte, der eine Tatbeteiligung bis zuletzt bestritt, konnte nur Dank einer klaren Indizienkette, sorgfältig und bis ins kleinste Detail belegt, verurteilt werden. Das hatte damals sogar die Presse als auch die Vorsitzende Richterin beeindruckt.

Hais Mutter war vor kurzem verstorben und mit der neuen Situation kam sein Vater nur sehr schwer zurecht. Zusammen mit seiner Schwester hatte er ihn davon überzeugt, den Sozialdienst täglich kommen zu lassen, und nicht wie bisher nur zweimal die Woche. Und heute hatte er einen Termin mit einem Mitarbeiter des Dienstes, um diesen in seine Aufgaben einzuweisen.

»Ich soll ihn nach der Besprechung abholen, da sein Neffe sein Auto braucht. Er kann ihm einfach keinen Korb geben. Wie muss ich da noch genau fahren? Seit seine Schwester in den Neubau eingezogen ist, war ich noch nicht da. Hai hat mir erklärt, es geht hinter dem Hotel Mühlengarten die Weinstraße hoch, am Weingut Mathias Dostert vorbei und dann irgendwo rechts?«

Die Frage war an Meiner gerichtet.

»Zu umständlich. Du kannst am Mühlengarten vorbei weiter auf der B 419 fahren, biegst dann in die nächste Straße links ab, in den Gartenweg. Dann hast du rechter Hand einen kleinen Weinberg, links Obstbäume. Du fährst einfach weiter, am Weingut Alois Sonntag vorbei. Direkt dahinter, auf dem Gelände der ehemaligen Minigolfanlage, an der Ecke Gartenweg/Pflanzgarten, da bist du richtig. Das einzige Haus mit blauen Fenstern und einer gelben Haustür ist es«, erwiderte Meiner.

Albrecht ließ sich eine Zusammenfassung der bisherigen Ermittlungen geben und sagte dann:
»Ich habe das Gefühl, wir drehen uns im Kreis. In Konz im Prinzip das gleiche Bild«, begann er seinen Bericht. »Frau Dinello war im Notariat Müller-Schmitt ebenfalls sehr beliebt. Sie galt als ausgeglichene und fröhliche Kollegin, feierte wohl gerne, aber auch als zuverlässig und verlässlich. Die Ehe galt als vorbildlich. Der einzige Punkt neben der Kindererziehung, der hier und da wohl für einige Unstimmigkeiten gesorgt hat, war wohl ihr großzügiger Umgang mit Geld. Wobei ihr Chef, Notar Wolf Müller-Schmitt nicht müde wurde uns mitzuteilen, dass Frau Dinello sich diesen Lebensstil aufgrund ihres ererbten Vermögens durchaus leisten konnte. Es war jedoch deutlich herauszuhören, dass ihr Ehemann in punkto Geld und Geld ausgeben durchaus nicht immer ihrer Meinung war. Die Australienreise ihrer Töchter war wohl auch eher Frau Dinellos Idee, was die beiden Mädchen wohl begeistert aufgegriffen haben, da ihr Vater der strengere der beiden war. Die Lebensversicherung hat ihr Chef ebenfalls erwähnt. Sowohl der Notar als auch die Kolleginnen sehen kein Motiv für die Tat. Dass der Ehemann direkt oder indirekt darin verwickelt ist, halten alle für ausgeschlossen. Sie war, wie eben schon erwähnt, seine ganz große Liebe. Sogar Frau Dinellos Beteiligung an der Bürgerinitiative ›Stoppt das Projekt Golfpark‹ sei kein

Streitpunkt gewesen, obwohl ihr Mann im Gemeinderat der Befürworterfraktion des Projekts angehört. Wie der Notar auch, wie er freimütig erklärte. In seinem Büro seien auch die Verträge zwischen der Verbandsgemeinde, den Gemeinden Tawern und Temmels und den Investoren abgeschlossen worden, von denen die Gemeinde Temmels jetzt wohl nichts mehr wissen wolle, wie er verschnupft bemerkt hat. Auch die Grundstücksverträge seien über sein Notariat gelaufen. Einen Interessenskonflikt zwischen Frau Dinellos Tätigkeit in dem Notariat und ihrer Mitgliedschaft in der Bürgerinitiative sehe er nicht, da Frau Dinello zum einen nicht mit diesem Vorgang betraut war und zum anderen eine ausgesprochen kompetente und zuverlässige Mitarbeiterin gewesen sei, die sehr wohl in der Lage war, Berufliches und Privates zu trennen. Außerdem habe man nichts zu verbergen, wie der Notar fast trotzig erklärte. Dann war ich noch bei dem Nachbarn, dem Herrn mit dem Hund, den wir gestern morgen nicht angetroffen haben. Auch hier das gleiche Bild. Ungläubigkeit, Ratlosigkeit, kein Motiv erkennbar.«

Albrecht hatte seinen Bericht beendet. Er zog ein Papier aus seiner Jacke und erklärte:

»Hat mir der Herr Oberstaatsanwalt auf dem Weg hierher in die Hand gedrückt. Nachricht von den Luxemburger Kollegen. Sie haben einen grünen Kangoo im Stausee bei Vianden in Luxemburg, übrigens an der tiefsten Stelle, gefunden. Das war auch purer Zufall. Die Uni Luxemburg hat ein neues Sonargerät ausprobiert und den Wagen entdeckt. Ansonsten wäre das eine sichere Entsorgung gewesen. Die Spurensicherung ist schon unterwegs. Ein besonders schöner Gruß an dich, Schmitta, ist auch noch vermerkt. Hast gestern wohl einen bleibenden Eindruck hinterlassen.«

»Albrecht, das ist internationale Zusammenarbeit, schon mal was davon gehört?«, erwiderte Schmitt lapidar.

»Gute Arbeit, Leute«, sagte Renn anerkennend. »Albrecht, setzt euch nochmal mit den Kollegen in Luxemburg in Verbindung und kümmert euch um den Kangoo. Ist der Halter registriert, der Kangoo außer im Stausee schon irgendwo aufgefallen?«

»Wir übernehmen auch die Bank und die Tankstelle«, ergänzte Albrecht.

»Wenn wir davon ausgehen, dass der Ehemann gemeint war, dann gibt's zumindest eine Gemeinsamkeit mit dem ersten Opfer«, erklärte Meiner. Erwartungsvoll schauten alle ihn an. »Sowohl Martin Anton als auch Marco Dinello gehörten dem Gemeinderat von Temmels an. Allerdings saßen beide in unterschiedlichen Fraktionen. Laut Internet besteht der Gemeinderat aus zwölf Mitgliedern plus dem Bürgermeister. Schätze, wir müssen nochmal mit dem Bernhard Bewler reden. Ist ja von der Entfernung her kein großer Akt«, erkärte er und deutete nach oben.

**Mittwoch, 28. Mai 2008 - 16.30 Uhr**
**Temmels**

»Was willst du eigentlich von Wald hören?«, fragte Meiner.

Sie saßen im Auto und fuhren gerade die Saarburgerstraße herunter ins Dorf. Es war mittlerweile schon 16.30 Uhr. Meiner hatte die restliche Aufgabenverteilung geregelt. Renn hatte telefoniert. Mit der Praxis des Hausarztes, diesen aber nicht erreicht, Hausbesuche. Mit dem LKA. Das LKA hatte zugesagt, bis zum nächsten Morgen den Bericht fertigzustellen, vielleicht etwas früher. Mit dem toxikologischen Labor. Er hatte das Gefühl, dass die Zeit verbrannte. Er ging im Kopf nochmal alle Zeugenaussagen durch. Aber er fand die Stelle nicht, an der es klick machte. Diese Situation war nichts Neues für Renn. Er ließ sich nicht aus der Ruhe bringen. Sie würden dran bleiben, strukturiert arbeiten und den Klick finden. Da Bernhard Bewler noch nicht zu Hause war, entschlossen sie sich, zuerst zu Friedrich Wald und dann zu Alfons Tanne zu fahren.

»Ich habe einfach das Gefühl, wir haben etwas übersehen. Ich wollte ihn nochmal nach seinen Beobachtungen in dieser Nacht fragen«, erwiderte Renn. »Und noch was«, sagte er. »Die Morde müssen nicht zwangsläufig von einem Mann verübt worden sein. Von der Vorgehensweise und dem erforderlichen Kraftaufwand könnten sie durchaus auch von einer Frau ausgeführt worden sein.«

Mittlerweile hatten sie die Eisenbahnbrücke überquert und standen in einem kleinen Stau, der sich von der Kreuzung B 419 die Saarburgerstraße hoch bis vor die Eisenbahnbrücke erstreckte.

»Jetzt schon Stau«, stellte Meiner fest. »Und es ist noch nicht einmal 17.00 Uhr. Jetzt fängt der Pendlerverkehr aus Luxemburg kommend erst an. Ich kann mir vorstellen, dass der Verkehr in den nächsten zwei Stunden noch erheblich zunimmt.«

Sie brauchten geschlagene zehn Minuten, bis sie endlich die Kreuzung in Richtung Kirchstraße überqueren konnten.

Herr Wald stand schon auf der Veranda, offensichtlich erwartete er sie.

»Meine Frau hat Kaffee gemacht, kommen Sie doch bitte hinein«, begrüßte er die Ermittler und drückte seine Zigarette aus. Er führte sie durch das Haus in den Garten, der hauptsächlich mit Rosenstöcken bepflanzt war. Da Friedrich Wald seinen Gehstock nicht dabei hatte, dauerte es eine Weile, bis sie sich an einem kleinen Gartentisch, auf dem schon Kaffee und Kuchen bereitstanden, niederließen. Einige wenige Rosen blühten bereits und ließen erahnen, wie schön die Blütenpracht in zwei bis drei Wochen sein würde.

»Der Garten ist das Hobby meiner Frau. Sie hat einen grünen Daumen«, erklärte Wald verschmitzt. Frau Wald war eine große, stämmige Frau von ungefähr siebzig Jahren. Sie begrüßte sie herzlich und bot den Kommissaren zum Kaffee ein Stück Nusskuchen an.

»Herr Wald, wir sind gekommen, um uns von Ihnen noch einmal ganz genau den Ablauf in der Nacht vom 22.05.2008, als Martin Anton ermordet wurde, erklären zu lassen«, kam Renn direkt auf den Punkt.

»Das habe ich Ihnen doch schon alles erzählt. Wissen Sie denn schon, wer es war? Und was ist mit Antonia?«

»Sie war so eine nette Frau«, ergänzte Frau Wald. »Dieser schreckliche Unfall. Es war doch ein Unfall, oder?«

Als die Beamten die Frage verneinten, sagte Frau Wald: »Was ist denn bloß los auf der Welt? Warum bringt jemand in Temmels Menschen um? Und die Zwillinge, sie kommen nach Hause und ihre Mutter ist tot! Es ist furchtbar!« Sie schaute die Polizisten aus ihren großen blauen Augen ernst an, als erwarte sie von ihnen eine Erklärung für die Katastrophe, die über Temmels hereingebrochen war.

»Wir können Ihnen im Augenblick leider noch nichts Genaues sagen«, erklärte Renn geduldig. »Sie würden uns wirklich sehr helfen, Herr Wald, wenn Sie uns Ihre Beobachtungen von Donnerstag Abend noch einmal schildern würden.«

»Ich bin mir sicher, die Herren werden Ihr Möglichstes tun, Friedrich. Du hast es doch jetzt schon so oft erzählt. Sag's einfach nochmal«, forderte sie ihren Mann freundlich auf.

»Ich kann Ihnen leider nicht helfen. Ich habe einen sehr guten Schlaf, wissen Sie, ich habe rein gar nichts mitbekommen«, sagte sie bedauernd.

»Ja gut. Wenn es denn wichtig ist«, begann Friedrich Wald. Er schilderte noch einmal den Ablauf aus seiner Sicht.

»Der Kangoo, war der Motor an? Waren die Lichter eingeschaltet?«, hakte Renn nach.

»Der war aus. Und die Lichter hatte er auch nicht an. Der hat einfach auf der Seite geparkt. Ich wusste ja noch nicht einmal, dass da noch jemand drin sitzt. Das habe ich erst gemerkt, als er weggefahren ist.«

»Demnach haben Sie niemanden in dem Auto erkannt? Wer saß am Steuer, ein Mann oder eine Frau?«, fragte Renn weiter.

Friedrich Wald schüttelte den Kopf.

»Als der Kangoo losgefahren ist, habe ich gesehen, dass er auf den Martin zugefahren ist, an ihm vorbei, die Kirchstraße runter Richtung Mosel, in der Reihenfolge. Die Person hinter dem Steuer konnte ich nicht erkennen. Es war dunkel. Die Straßenlaterne ist ja kaputt.«

»Sie sagten uns, dass Sie glauben, Martin Anton habe den Kangoo weitergewunken? Haben Sie ihn tatsächlich winken sehen?«, meinte Meiner.

»Nein, dass nicht. Der Wagen ist auf Martin zugefahren, dann an ihm vorbei Richtung Mosel«, wiederholte er. Ich dachte im ersten Moment noch, der wird den Martin doch wohl gesehen haben. Weil er direkt auf ihn zusteuerte. Und dann, als der Wagen kurz vor dem Martin war, ist er leicht nach rechts gefahren, seitlich an ihm vorbei. Ich glaube, der Martin hat da noch gelebt und ihn weitergewunken. Warum sollte er sonst weitergefahren sein?«

Renn beantwortete die Frage nicht, sondern stellte sofort eine neue Frage.

»Sie sagten, Sie haben auf der Terrasse eine Zigarette geraucht. Wissen Sie noch, wann Sie sich die Zigarette angezündet haben?«

»Es war wohl nicht nur eine Zigarette, stimmt's Friedrich?«, wandte seine Frau lachend ein.

»Ja, Käthe, du hast recht. Wissen Sie, der Arzt hat mir geraten, weniger zu rauchen. Und damit das klappt, soll ich bewusster rauchen, wie er das nennt. Deshalb warte ich immer erst ein bisschen, bis ich mir die Zigarette anzünde. Von daher weiß ich, dass ich meine erste Zigarette an diesem Abend angezündet habe, als der Martin gerade gestolpert ist. Genauer gesagt, als er schon auf dem Boden lag. Ich dachte ja, der steht wieder auf«, entschuldigte er sich. »Ist das denn wichtig?«

»Wir müssen auf jedes Detail achten«, wich Meiner der Frage aus. »Und Sie sind ganz sicher, dass sonst niemand in der Nähe war? Jemand, der seinen Hund ausgeführt hat zum Beispiel. Oder ein anderes Auto?«

»Nein, da bin ich ganz sicher. Es war weit und breit sonst niemand in der Nähe.«

»Haben Sie irgendjemandem von ihrer Beobachtung erzählt?«, wollte Renn noch wissen.

»Natürlich«, antwortete Frau Wald für ihren Mann. »Wir haben hier eine gute Nachbarschaft. Man unterhält sich doch über diese Dinge.«

»Und heute morgen hat der Trierische Volksfreund angerufen. Die Reporterin sagte, sie mache eine Umfrage in der

Nachbarschaft des Tatortes, wie sie es nannte. Da habe ich eben alles erzählt, was ich weiß«, fügte Wald noch hinzu. »Und sie wollte auch wissen, ob ich jemanden gesehen habe. Aber ich habe ihr das Gleiche gesagt wie Ihnen.«

Renn und Meiner bedankten sich, auch für den Kaffee und den Nusskuchen, und verabschiedeten sich.

Im Auto sagte Meiner: »Woher wissen die Pressefritzen von unserem Zeugen, oder war das Zufall? Eine Umfrage in der ganzen Nachbarschaft. Warum nicht im ganzen Dorf? Wäre doch Stoff für eine Fortsetzungsgeschichte, mit Sicherheit auflagefördernd.« Sarkasmus war in manchen Situationen Meiners einzige Rettung.

»Kannst du ja mal vorschlagen«, entgegnete Renn. »Walds Aussage ist klar. Er hat das Auto gesehen, nicht den Fahrer. Soweit, so gut.«

Während Meiner telefonierte, fuhr Renn schon in Wellen an den Trierer Kalk-Dolomit- und Zementwerken vorbei. Alfons Tanne wohnte direkt neben dem Kindergarten im ehemaligen Bürgerhaus. Sofern er seinen Dienst nicht getauscht hatte, müsste er zu Hause sein. Die Chancen standen gut, sein Auto stand vor der Tür.

Sie trafen Alfons Tanne im Garten an. Er war gerade dabei, den Rasen zu mähen und machte keine Anstalten, damit aufzuhören. Erst als ihn seine Frau, die sich als Gertrud Tanne-Linde vorgestellt hatte, ihn ausdrücklich auf die Polizeibeamten aufmerksam machte, stellte er den Motor aus und kam sichtlich unwillig auf die Ermittler zu.

»Was wollen Sie denn noch? Ich habe gehört, Sie haben das Schwein immer noch nicht. Und jetzt auch noch Antonia. Sollen wir jetzt einfach wieder zur Tagesordnung übergehen, oder wie? Kann mir keiner erzählen, dass das Zufall ist. Das ist nie und nimmer Zufall. Die stecken doch alle unter einer Decke. Da kommen wir kleinen Leute doch nicht mehr mit.«

Abwehrend hob seine Frau die Hand.

»Alfons, bitte! Lieg den Herren doch nicht mit deinen ewigen Verschwörungstheorien in den Ohren. Bitte entschuldigen Sie meine Herren. Mein Mann ist nicht gut auf die da oben zu sprechen. Was ist mit Antonia? Es kursieren die schlimmsten Gerüchte. Es war doch ein Unfall?«

Während Renn gerade antworten wollte, ging Meiners Handy. Meiner stellte sich etwas abseits, sodass er besser telefonieren konnte.

»Wir müssen leider davon ausgehen, dass auch Antonia Dinello einem Mordanschlag zum Opfer gefallen ist. Wir haben noch einige Fragen«, wandte Renn sich direkt an Alfons Tanne. »Können Sie sich erinnern, ob Ihnen auf dem Weg von Trier nach Temmels ein Wagen entgegengekommen ist?«

Alfons Tanne stand da, völlig unbeweglich, und starrte die Polizisten an. In seinem Blick erkannte Renn Hilflosigkeit und maßlose Wut, die ihm schon bei ihrer ersten Begegnung aufgefallen waren. Aber auch Genugtuung. So etwas wie eine fast schon trotzige Bestätigung eines schon lange gehegten Verdachts.

Seine Frau war blass geworden und fing lautlos an zu weinen.

»Kann ich«, erwiderte Alfons Tanne wütend. Er stand da, die Arme verschränkt, wie ein Fels. »Nein, mir ist kein Auto entgegengekommen. An diesem Abend war doch dieses Unwetter. Am Pacelliufer in Trier ist es ganz schön heiß hergegangen, kann ich Ihnen sagen. Hagelkörner, und nicht nur kleine. Ich dachte noch, bei diesem Wetter jagt man doch keinen Hund raus. Ich war bis Temmels weit und breit das einzige Auto, soviel ist sicher.«

»Sie glauben, dass der Mord kein Zufall war. Haben Sie einen konkreten Verdacht?«, fragte Renn.

»Nein, ich habe keinen konkreten Verdacht. Aber eines sage ich Ihnen. Es gibt Leute, die machen doch für Geld alles. Das sehen Sie doch. Umsonst hat man den Martin doch nicht umgenietet! Und Antonia! Das kann mir keiner erzählen. Das hängt mit diesem Golfpark zusammen. Todsicher. Da geht es um Millionen. Und du musst nicht dauernd beschwichtigen, Gertrud«, wandte er sich an seine Frau.

»Gertrud, du weißt ganz genau, dass ich recht habe«, sagte er versöhnlicher.

»Den Brüdern traue ich alles zu«, wandte er sich wieder den Polizisten zu. »Martin war im Gemeinderat und er war ganz klar gegen dieses Projekt. Und Antonia war in der Bürgerinitiative. Was wollen Sie noch mehr? Einen konkreten Verdacht, wie Sie das nennen, habe ich nicht. Ich weiß auch, dass das eine schwere Beschuldigung ist. Das ist mir egal. Martin ist tot und den einzigen Grund, den ich mir denken kann, ist dieses Millionenprojekt, das angeblich so viele Arbeitsplätze schaffen soll. Dass ich nicht lache! Arbeitsplätze, das Totschlagargument. Anfangs hat man von zweihundert Arbeitsplätzen gesprochen. Und jetzt können Sie raten, wie viele übrig geblieben sind. Ganze zehn Stück! Das ist doch lächerlich, das Ganze!«

Alfons Tanne hatte sich richtig in Rage geredet. Wie automatisiert schob er ständig seine Brille zurück. Er hatte deutlich sichtbare Schweißflecken unter den Achseln, die sich während des Redens noch vergrößert hatten. Zornig drehte er sich um und wollte zu seinem Rasenmäher zurück. Seine Frau berührte ihn ganz leicht am Unterarm, er drehte sich um und sagte betont ruhig, jedes einzelne Wort hervorhebend:

»Die Investoren wollen Kohle machen, das ist alles. Und die Verwaltungsfuzzis machen mit. In einer Stellungnahme heißt es, dass Temmels sogar von der Bebauung auf dem Fellericher Plateau profitieren würde, weil wir dadurch einen Kreisverkehr bekämen. Einen Kreisverkehr als einzige Infrastrukturmaßnahme für zirka vierhundert Wohneinheiten! Muss ich dazu wirklich noch etwas sagen?«

»Noch eine Frage, Herr Tanne.« Renn wählte seine Worte sehr bedächtig. »Herr Tanne, wir haben herausgefunden, dass auf ein Konto in Luxemburg für Martin Anton monatlich 500 Euro überwiesen wurden. Und das seit etwas über zwanzig Jahren. Wissen Sie etwas von dem Geld?«

»Ja«, sagte Alfons Tanne laut und deutlich. »Martin hat mir davon erzählt. Er wusste lange Zeit nichts von dem Geld, gar nichts! Bis vor einem Jahr, als der Banker ihn gefragt hat, wie er gedenkt, in Zukunft sein Geld anzulegen und ob er eine Beratung wünscht. Wir haben uns beide gefragt, wer das mit den 500 Euro veranlasst haben könnte, konnten uns das aber nicht erklären. Niemand konnte Martin das erklären. Auch der zuständige Banker nicht. Wenn Sie jetzt glauben, dass sei ein Mordmotiv, dann sind Sie aber schief gewickelt.«

Er drehte sich um und stampfte Richtung Rasenmäher davon, drehte sich jedoch nach drei Schritten noch einmal um und sagte, immer noch betont ruhig:

»Ich kann Ihnen keinen Namen präsentieren und es ist mir egal, wenn ich wegen Verleumdung verklagt werde. Meine Meinung werde ich nicht ändern. Ich muss jetzt den Rasen mähen.«

»So ist er eben, der Alfons«, sagte seine Frau. Wie in Zeitlupe wischte sie sich die Tränen aus dem Gesicht. »Martins Tod hat ihn schwer mitgenommen. Uns alle! Verstehen Sie, Martin war sein bester Freund. Und jetzt ist er tot, ermordet! Erklären Sie mir doch bitte, warum die Bevölkerung überhaupt noch gefragt wird. Wenn denen da oben die Antwort nicht gefällt, machen Sie ja doch was Sie wollen?«

Frau Tanne-Linde hatte leise gesprochen. Resigniert zuckte sie mit den Schultern und fixierte einen undefinierbaren Punkt auf dem Boden.

»Seit diese luxemburgischen Investoren oben auf dem Fellericher Plateau ein Feriendorf bauen wollen, das eigentlich gar kein Feriendorf mehr ist, blickt doch keiner mehr durch. Martin hat mehrmals zu Alfons gesagt, dass das Projekt eine einzige große Mogelpackung ist. Es steht Feriendorf drauf und drin sind normale Bauplätze. Es geht nur noch ums Geld. Jetzt wollen sie da oben ein neues Dorf errichten das doppelt so groß wie Temmels sein soll. Stellen Sie sich das doch mal vor! Bauland wollen die da oben erschließen. Der Golfplatz und das Hotel sind doch Nebensache. Und Martin hatte das sofort durchschaut. Er war von Anfang an dagegen. Bei dem Feriendorf hat er noch mitgemacht. Das sollte ja auch ganz anders ablaufen. Davon hätten unsere Winzer, unsere Handwerker, die vielen kleinen Firmen, unser Metzger und unser Bäcker etwas gehabt. Aber nein. Damit ist ja offensichtlich nichts zu verdienen. Und jetzt, wo es raus ist, dass es nur noch um Bauplätze geht, wollen auch die anderen im Rat nicht mehr. Martin hat immer gesagt, die arbeiten mit allen Mitteln, sonst hätten die uns nicht einen solchen Vertrag unterschreiben lassen, aus dem wir nur mit Hilfe eines Anwalts wieder rauskommen. Sagen Sie mir, Herr Kommissar, wo kommen wir eigentlich hin, wenn eine kleine Gemeinde wie Temmels sich nur noch anwaltlich gegen solche Machenschaften wehren kann? Und erklären Sie mir, warum Antonia sterben musste? Was soll das alles?« Sie hob den Kopf und schaute Renn in die Augen.

Renn sah die gleiche Ernsthaftigkeit und Ratlosigkeit in ihren Augen, die ihm auch schon bei Käthe Wald aufgefallen waren. Und er sah noch etwas. Angst.

Renn blieb ihr die Antwort schuldig. Stattdessen bedankte er sich und gab ihr seine Telefonnummer, mit der Bitte ihn anzurufen, sollte ihr oder ihrem Mann noch etwas einfallen. Dann ging er zum Auto, wo Meiner, der sein Telefonat beendet hatte, schon auf ihn wartete.

Im Auto berichtete Renn die wesentlichen Punkte des Gesprächs mit Alfons Tanne.

»Beide Opfer verbindet ihre Mitgliedschaft in der Bürgerinitiative ›Stoppt das Projekt Golfpark‹. Kann das mit diesem Projekt zu tun haben? Wäre aber der Ehemann gemeint gewesen, wie passt das dann? Wenn der erste Mord als

Verkehrsunfall durchgegangen wäre und Marco Dinello in Luxemburg ebenfalls einen Verkehrsunfall gehabt hätte? Vielleicht stellen wir aber auch nur die falschen Fragen. Was verbindet Martin Anton und Marco Dinello?«, fragte Meiner.

»Gute Frage. Was verbindet das erste Opfer und Marco Dinello?«, wiederholte er nachdenklich. »Wir brauchen mehr Informationen. Und jemanden, der uns die Vorteile des Golfparkes auf dem Fellericher Plateau erklären kann. Ich würde sagen, wir reden nicht nur mit Bernhard Bewler, sondern auch mit dem Verbandsbürgermeister von Konz, Georg W. Schichtel. Heute Nachmittag habe ich im Internet die Stichworte Temmels und Golfpark eingegeben. Jede Menge Treffer. Unter anderem stand da auch, dass der Verbandsbürgermeister das Projekt mit den luxemburgischen Investoren vermittelt hat. In einem Artikel wurde der Verbandsbürgermeister von den Investoren als ihr Pressesprecher angegeben. Er wird uns also auf jeden Fall die positiven Seiten des Projekts aufzählen können«, sagte Renn sachlich.

Meiner fuhr fort. »Das war übrigens Schmitta. Der Prof hatte ihr Bescheid gegeben. Konnte heute Mittag nicht kommen. Todesursache bei Antonia Dinello ist eindeutig Genickbruch. Sie hatte lebensgefährliche Blutungen, beide Oberschenkel gebrochen, die eine Hüfte völlig zertrümmert, einen Milzriss und ein Schädel-Hirn-Trauma. Wenn überhaupt hätte sie den Unfall nur schwer behindert überlebt. Alkohol und Drogentests kommen noch. Dem Prof ist ein schmaler hellroter Streifen, etwa einen Zentimeter lang, zwei bis drei Millimeter breit, im Genick der Toten aufgefallen. Keine Verletzung. Könnte von einer Halskette stammen.«

Bernhard Bewler war gerade dabei den Hof zu kehren. Auf dem Hof stand ein großer Anhänger randvoll mit Holz. Rechts vom Wohnhaus befand sich ein großer Schuppen, in dem ebenfalls Holz gelagert war. Eines der Tore stand offen. Bewler stellte den Besen zur Seite, um die Polizeibeamten zu begrüßen, als seine Frau zur Tür herauskam und rief: »Bernhard, Telefon! Es ist der alte Herr Stein.«

Inzwischen waren Renn und Meiner ausgestiegen.

»Bin gleich wieder da«, rief er den Polizisten zu.

»Als Bürgermeister ist er praktisch immer im Dienst«, erklärte Frau Bewler, nachdem sie die Beamten begrüßt hatte. »Das war der alte Herr Stein aus dem Kampen. Er beschwert sich schon wieder, dass morgens, in der Zeit zwischen 7.00 Uhr und 9.00 Uhr der Verkehr im Kampen zugenommen hat. Um diese Zeit geht er mit seinem Hund spazieren, da bekommt er die Situation hautnah mit, wie er immer betont.«

»Inwieweit ist der Verkehr denn in Temmels ein Problem?«, fragte Meiner höflich.

»Die Kinder gehen morgens zum Bus oder zur Bahn, um in die Schule zu fahren. Die Straße im Kampen ist ganz einfach für den Verkehr, wie er im Moment herrscht, nicht ausgebaut. So einfach ist das. Nicht nur im Kampen. Was wir bräuchten wäre eine Ortsumgehung. Nur, das will niemand hören. Und jetzt schon gar nicht«, antwortete sie. »Sie wohnen in Trier, denke ich«, fügte sie hinzu, »da ist das alles bestimmt viel besser geregelt. Hier wird es mit dem Verkehr immer schlimmer. Viele von uns, nicht nur hier in Temmels, auch in Tawern, bis hoch nach Saarburg«, sie wies mit der Hand Richtung Fellerich, »können in Luxemburg arbeiten. Das ist ein großer Vorteil. Man verdient sehr gut im Ländchen, zahlt weniger Steuern, und mit den Luxemburgern kommen wir hier alle gut klar. Viele im Dorf haben Verwandte drüben oder sind mit Luxemburgern verheiratet. Was uns wirklich Sorgen macht ist der Verkehr auf der L 136, der sich dann an der Kreuzung, Sie wissen schon, beim Blumenladen, staut. Da wo der Martin gelegen hat«, sagte sie leise. »Wissen Sie schon wer Martin ermordet hat?«, fragte sie übergangslos. »Jetzt hatte Antonia auch noch diesen Unfall! Sie fuhr so ungern Auto, wissen Sie.«

Inzwischen war Bewler wieder da.

»War wie immer ein kurzes Telefonat. Der alte Stein ist heute morgen fast angefahren worden. Jetzt ist er natürlich sehr aufgebracht. Wissen Sie«, sagte Bewler an die Kommissare gewandt, »um den Stau zu umgehen, fahren einige Autofahrer durch den Kampen. Stein wollte nur wissen, ob ich zu Hause bin. Hat wohl heute schon einige Male angerufen und uns natürlich nicht erreicht, da wir ja erst vor einer halben Stunde wiedergekommen sind. Er wartet noch auf seinen Sohn und will dann mit ihm hochkommen. Ob ich Zeit habe oder nicht spielt für ihn keine Rolle«, seufzte Bewler. »Ich muss unbedingt nochmals den LBM anrufen, das ist der Landesbetrieb Mobilität, das frühere Straßenbauamt«, fügte er als Erklärung für die Beamten hinzu. »Die wollten sich letzte Woche schon bei mir melden. Wird Zeit, dass die Schranke im Kampen aufgebaut wird. So kann das nicht weitergehen.« Und an die Kriminalbeamten gewandt fragte er: »Haben Sie Neuigkeiten? Was ist mit Antonia?«

»An Frau Dinellos Wagen ist manipuliert worden. Es war kein Unfall, es war Mord«, erwiderte Renn.

Bewler stand da wie vom Donner gerührt. Seine Frau hielt sich die Hand vor den Mund, so als müsste sie einen Schrei unterdrücken. Tonlos sagte Bewler: »Also kein Unfall! Antonia ist auch umgebracht worden.«

Als er sich einigermaßen gefasst hatte, sagte er:

»Bitte kommen Sie mit ins Haus. Und Karin«, sagte er mechanisch zu seiner Frau, »wenn Bernd kommt, er soll das Holz noch heute wegfahren. Sag ihm, ich brauche den Hänger für morgen früh, leer. Bernd ist unser Sohn«, fügte er als Erklärung für die Polizisten hinzu. »Er wohnt nicht mehr hier, aber er hilft noch hier und da. Kommen Sie bitte, wir gehen rein.«

Bewler führte die Polizeibeamten in sein Büro, ein großer, rechteckiger Raum, der von einem großen Fenster beherrscht wurde, von welchem man eine gute Aussicht auf Temmels und das Moseltal hatte. Rechts von der Tür stand vor dem

Fenster ein rechteckiger Schreibtisch mit Computer und Faxgerät. An den Wänden standen zwei halbhohe Regale, die voll mit roten Ordnern mit der deutlich lesbaren Beschriftung »Golfpark« waren. Auf dem Schreibtisch war nur ein winziger Platz neben dem Telefon noch frei, der Rest war mit Papieren und Aktenordnern belegt. Linker Hand gab es einen kleinen Tisch mit zwei Stühlen und um die Sitzgruppe herum Regale in U-Form, die bis an die Decke reichten und ebenfalls mit Ordnern verschiedener Farben bestückt waren. Auf einem der Stühle hatte sich eine kleine, weißbraune Katze eingerollt.

»Alles Golfpark-Ordner«, sagte Bewler und wies auf die roten Ordner. »Das ist eine lange Geschichte«, wiederholte er resigniert und sichtlich bemüht, seine Fassung wieder zu finden.

»Bitte nehmen Sie Platz, schieben Sie das Kätzchen einfach zur Seite. Sie ist noch sehr jung und erkennt grundsätzlich keine Autoritäten an«, sagte er zu den Beamten. Die Katze verließ nur widerwillig ihren Platz, fing aber sofort an zu schnurren, als Bewler sie hinter dem Ohr kraulte, um es sich dann, scheinbar zufrieden, unter der Heizung bequem zu machen.

Schließlich zog Bewler sich seinen Schreibtischstuhl zu der Sitzgruppe dazu. Frau Bewler stellte wortlos Sprudel und Gläser auf den Tisch und ging hinaus.

»Natürlich habe ich mir meine Gedanken gemacht«, begann Bewler. »Jonas sagt, es gehen die tollsten Gerüchte um. Aber ich habe bis zuletzt gehofft, dass es ein Unfall war. Ich kann das nicht glauben.« Bewler schüttelte den Kopf. »Das ist furchtbar, der reine Wahnsinn.«

»Sie sagten, Sie sind erst vor einer halben Stunde wiedergekommen?«, hakte Meiner nach.

»Ja, vor einer halben Stunde«, antwortete Bewler automatisch. Er hatte offensichtlich Mühe, sich auf die Frage zu konzentrieren. »Wie Sie bereits wissen, war ich gestern und heute beruflich in Koblenz bei einer Fortbildung. Die Gemeinden in Rheinland-Pfalz sind zur Einführung der kommunalen Doppik verpflichtet. Eigentlich schon seit 2007. Hier bei uns erfolgt die Umstellung ab dem Haushaltsjahr 2009. Grob gesagt gibt es einen Ergebnis- und Finanzhaushalt und natürlich eine Bilanz. Mein Gott, was rede ich denn da? Antonia ist tot und ich erzähle Ihnen von der kommunalen Doppik,« entfuhr es Bewler. Er schüttelte erneut den Kopf.

»Herr Bewler, ich kann Sie gut verstehen. Auf der einen Seite ändert sich durch einen Mord alles. Und auf der anderen Seite geht das Leben weiter. So, als wäre nichts geschehen. Mit diesen auf den ersten Blick widersprüchlichen Dingen muss man erst einmal klar kommen. Machen Sie sich also keine Vorwürfe. Wir müssen noch einige Fragen stellen. Alles ist wichtig. Wer wusste zum Beispiel, dass Sie in Koblenz sein würden?«, fragte Meiner weiter.

»Die Fortbildung war längerfristig geplant«, antwortete Bewler, sichtlich froh, etwas Normales, Gewohntes sagen zu können. »Wer wusste davon? Die Organisatoren in erster Linie, die Verbandsgemeinde, natürlich mein Stellvertreter, im Prinzip jeder, der die Konzer Rundschau liest. Dort wird immer alles angekündigt, selbst wann die Ortsbürgermeister in Urlaub gehen und wer sie vertritt. Meine Frau hat mich begleitet, das hatten wir auch schon lange geplant. Sie sehen ja selbst, wenn ich hier bin, bin ich im Dienst. Offiziell bin ich bis einschließlich Freitag in Urlaub. Und ich nehme grundsätzlich kein Handy mit. Unser Sohn und der erste Beigeordnete, Jonas Marp, der mich in Abwesenheit in der Gemeinde vertritt, hatten die Adresse des Hotels«, antwortete er. »Jonas und unser Sohn haben angerufen und von einem Unfall gesprochen. Da einer der Referenten krank geworden ist, sind wir sofort zurückgekommen. Wir hatten keine Ruhe mehr.«

»Wie war das Verhältnis zwischen Martin Anton und Antonia Dinello? Was war Frau Dinello für ein Mensch? Können Sie sich vorstellen, wer sie oder ihren Mann umbringen wollte?«, fragte Meiner.

»Ihren Mann?« Überrascht sah Bewler Meiner an. »Jonas hat nur von Antonia gesprochen. Ach so, weil es Marcos Wagen war. Das ist ja verrückt. Ich kann Ihnen nur sagen, dass Antonia eine sehr nette Frau war. Sie war beliebt im ganzen Dorf. Ich kann mir beim besten Willen nicht vorstellen, warum sie jemand hätte umbringen sollen, wenn es das ist, was Sie wissen wollen. Martin hatte in letzter Zeit mehr mit ihr zu tun, weil Antonia eben auch gegen das Projekt ›Golfpark‹ war. Dazu kann Ihnen Marga, Margareta Nednil, sicher mehr sagen. Die drei haben oft zusammengesessen«, sagte Bewler.

»Margareta Nednil ist ebenfalls Mitglied des Rats und gehört zu Ihrer Fraktion, wenn ich das richtig im Internet gelesen habe«, sagte Renn.

»Genau. Unsere Fraktion besteht aus acht Leuten. Und Marga gehört dazu. Wenn Sie sich über die Zusammensetzung des Rats informiert haben, dann wissen Sie auch, dass Marco Dinello der anderen Fraktion angehört, der Befürworterfraktion des Golfparkprojekts, der Baulanderschließung wäre korrekter«, verbesserte er sich.

»Was ist der Unterschied?«, fragte Renn.

»Der Unterschied? Es geht mittlerweile nur noch um eine Baulanderschließung auf der grünen Wiese! Der Golfpark und das Golfhotel sind weit in den Hintergrund gerückt. Von den ursprünglich geplanten Ferienhäusern ist überhaupt keine Rede mehr. Eines kann ich Ihnen sagen. Wenn ich damals schon alles gewusst hätte, ich gehe sogar so weit zu sagen, wenn alle Ratsmitglieder, auch die jetzige Befürworterfraktion, sich der Tragweite eines solchen Projekts, wie es jetzt zur Diskussion steht, bewusst gewesen wäre, wäre das Projekt niemals zum Tragen gekommen. Wir hätten diesen grottenschlechten Vertrag nicht unterschrieben und wir müssten uns keinen Anwalt nehmen, um uns zu wehren. Ich muss leider zugeben, dass wir über den Tisch gezogen wurden, anders kann man es nicht formulieren. Aber hinterher ist man immer schlauer. Was man uns in der Tat vorwerfen kann ist, dass wir in punkto Vertrag unserem Verbandsbürgermeister, der selbst Jurist ist, und dem beratenden Juristen der Verbandsgemeinde im Hinblick auf die Vertragsgestaltung vertraut haben. Wir sind alles Laien. Wir haben nicht mit einem solchen Knebelvertrag gerechnet. Aber wie gesagt, hinterher ist man immer schlauer.«

»Haben Sie einen konkreten Verdacht?«, fragte Meiner.

»Sie suchen nach einem Motiv. Glauben Sie mir, das macht das ganze Dorf«, antwortete Bewler. »Ich kann nur wiederholen. Ich kann mir nicht vorstellen, wer und warum jemand Antonia oder Marco Dinello hätte umbringen wollen. Antonia war beliebt. Ich kenne niemanden, mit dem sie nicht klar gekommen wäre. Und Marco ist zwar ein absoluter Befürworter dieses unseligen Projekts, aber mit ihm kann man reden. Marco ist Mitglied im Sportverein, macht die schriftlichen Sachen. Er lässt jedem seine Meinung, so wie es in einer Demokratie eigentlich üblich sein sollte. Sie wissen ja inzwischen, dass Antonia von dem Golfparkprojekt nichts, wirklich gar nichts, hielt. Sie war in diesem Punkt ganz anderer Meinung als ihr Mann. Aber das konnten die beiden wirklich klar von ihrem Privatleben trennen. Ganz im Gegenteil zu einigen von Marcos Fraktionsmitgliedern, die auf der Schiene fahren: Wer nicht für dieses Projekt ist, ist gegen mich persönlich. Aber dass die Morde auf das Konto der Golfparkbefürworter gehen, nein, das glaube ich nicht. Außerdem würde das ja bei Marco nicht zutreffen.«

Bewler streichelte automatisch die kleine Katze, die es sich offensichtlich anders überlegt und sich ganz ungeniert auf seinem Schoß niedergelassen hatte.

»Um was genau geht es bei diesem Projekt jetzt?«, fragte Renn.

»Das ist die Kernfrage!«, antwortete Bewler. »Es fing alles an mit der Idee eines Feriendorfs, eines Golfplatzes und einer Hotelanlage. Um den Tourismus anzukurbeln. Wir dachten, die Feriengäste kehren dann bei unseren Winzern ein und genießen die malerische Landschaft und die Produkte der Region. Davon will heute niemand mehr was wissen! Eine neue Siedlung soll gebaut werden. Der Luxusgolfplatz und das Luxushotel stehen nicht mehr zu Debatte. Nur noch ein Standardgolfplatz und proforma irgendein Hotel. Und das, obwohl gerade die Luxusausstattung des Hotels und des Golfplatzes laut einer Studie, die dem Rat vorgelegt wurde, überhaupt erst die Voraussetzungen waren, damit sich das Ganze lohnen würde. Genau diese Kombination sollte Touristen anziehen. Begründet wurde das mit den Standardgolfplätzen und Standardhotels, die es hier schon genug gibt, vor allem in Luxemburg. So, und jetzt kommt ein ganz wichtiger Punkt.«

Bewler war aufgestanden, ging zum Fenster und holte dort vom Regal eine Karte, die er auf dem kleinen Tisch ausbreitete.

»Es ist nichts mehr wie es war«, fuhr er fort. »Hier ist das Fellericher Plateau. Hier ist die L136. Das Feriendorf, die Golfanlage und das Hotel sollten nur dann realisiert werden, wenn die Verkehrssituation und das Wasserproblem gelöst wären. Das war Voraussetzung. Aber das spielt jetzt alles keine Rolle mehr. Die Investoren wollen Bauland verkaufen, der Rest ist ihnen egal. Wobei wir beim Kern der Sache angelangt sind. Es geht um Bauland, und nicht um eine touristische Weiterentwicklung. Es geht nur noch um ein lukratives Geschäft für einen privaten Investor. Und wie die Gemeinden mit den Folgen des Projekts fertig werden, ob sie überhaupt damit fertig werden, interessiert niemanden mehr.«

»Könnten Sie uns bitte die wichtigsten Unterlagen zu diesem Projekt kopieren, damit wir uns einlesen können?«

»Ja. Sehr gern. Bitte entschuldigen Sie, ich möchte nicht unhöflich klingen, aber wenn Sie sich wirklich ein Urteil bilden wollen, dann werden Sie Durchhaltevermögen beim Aktenstudium haben müssen. Aber das sind Sie in Ihrem Beruf ja gewohnt. Es ist sowieso besser, Sie reden auch noch mit unserem Verbandsbürgermeister. Er ist ein absoluter Befürworter des Projekts, er hat die Investoren für dieses Projekt gesucht. Er wird Ihnen sicherlich seine Sicht der Dinge darlegen.«

Bewler setzte das kleine Kätzchen, das neugierig geworden und auf den Tisch gesprungen war und jetzt angefangen hatte die Karte zu beschnuppern, vorsichtig auf den Boden und stand auf. Er nahm zwei dicke Aktenordner aus dem Regal.

»Hier sind Kopien von verschiedenen Unterlagen. Quasi eine Zusammenfassung mit allen wichtigen Informationen das Golfparkprojekt betreffend, der Werdegang von Anfang an einschließlich des Vertrages. Das hatten wir für unseren Rechtsanwalt zusammengestellt. Ich denke, dass die Ordner alle wichtigen Papiere enthalten. Selbstverständlich stehe ich für jede Frage, die ich beantworten kann, zur Verfügung. Oder wenn Sie noch weitere Unterlagen brauchen, kein Problem. Aber fürs Erste wird es wohl reichen. Hier ist auch noch die Telefonnummer unseres Anwalts. Er wird Ihnen die rechtlichen Dinge, falls erforderlich, sicherlich um einiges besser erklären können als ich es kann.«

Bewler legte die Ordner mit der Visitenkarte des Anwalts auf den Tisch. Das Telefon hatte angefangen zu klingeln.

»Meine Frau ist wahrscheinlich draußen, entschuldigen Sie mich bitte.« Bewler stand auf und nahm den Telefonhörer ab. Es war ein kurzes Gespräch. »Das war Herr Stimm vom Landesbetrieb Mobilität, wegen des Verkehrs im Kampen. Hat mich ebenfalls heute morgen nicht erreicht, deshalb ruft er jetzt schon von zu Hause aus an. Morgen früh findet eine Begehung im Kampen statt, an der der LBM, die Polizei, die

Gemeindeverwaltung, einige Landwirte und natürlich die Presse teilnehmen. Der LBM hat vorgeschlagen, dass wir eine Schranke bauen, die morgens zwischen 7.00 Uhr und 9.00 Uhr geschlossen ist, damit die Autofahrer nicht unter der Unterführung durch auf die B 419 fahren können. Die Landwirte, denen durch die Schranke die Zufahrt zu ihren Feldern genommen würde, sollen einen Schlüssel bekommen. Hört sich erst einmal gut an. Wir werden sehen. Eine wirkliche Lösung für den Verkehr im Ort ist das aber nicht.«

Bewler hatte sich gerade wieder auf seinen Stuhl gesetzt, als das Telefon erneut klingelte. Renn und Meiner hörten wie er sagte: »Er hat bei mir auch schon angerufen. Ja. Weißt du was, Marga, komm einfach hoch. Die Kommissare sind sowieso hier, dann kannst du das denen selbst sagen. Ach so. Na gut, wir besprechen das morgen abend in der Fraktionssitzung. Bis dann.«

»Das war Marga Nednil. Herr Stein hat sie auch angerufen. Zweimal sogar. Er kann doch nicht sofort hochkommen, sein Sohn kommt erst später. Sie soll mir Bescheid geben. Marga kann leider auch nicht kommen, sie hat im Augenblick kein Auto zur Verfügung. Und zu Fuß geht es auch nicht, da sie vor einigen Tagen umgeknickt ist.«

»Das macht nichts. Wir werden nachher zu ihr runterfahren«, entschied Renn und stand auf. »Vielen Dank für die Ordner. Wir sind aber nicht nur wegen Antonia Dinello hier, Herr Bewler. Wir haben erfahren, dass für Martin Anton seit zirka vierundzwanzig Jahren jeweils 500 Euro auf ein luxemburger Konto eingezahlt werden. Unter dem Stichwort Sophia. Wissen Sie etwas davon?«

»Seit vierundzwanzig Jahren?«, fragte Bewler verständnislos. »500 Euro? Klingt ziemlich weit hergeholt. Keine Ahnung wie das zu erklären ist. Kann das ein Irrtum sein?«

»Kein Irrtum, Herr Bewler. Anscheinend hat auch Martin Anton bis vor einem Jahr nichts davon gewusst.«

»Kein Irrtum sagen Sie. So langsam glaube ich auch noch an Außerirdische. Wie gesagt, ich weiß nichts davon. Sophia war Martins Freundin. Das haben Sie wahrscheinlich schon gehört. Und wenn Martin sagt, er wusste auch nichts, dann ist das so. Reden Sie mit Alfons Tanne«, forderte der Bürgermeister die Kriminalbeamten auf. »Vielleicht weiß er mehr.«

Auf Renns Frage, ob Martin Anton sich seit zirka einem Jahr in irgendeiner Weise verändert habe, sagte Bewler:

»Direkt verändert, nein, das nicht. Nicht wirklich.«

»Was verstehen Sie unter ›nicht wirklich‹?«, fragte Meiner nach.

»Wie soll ich das erklären? Er war in der Tat mit seinem Geld großzügiger. Obwohl das auch das falsche Wort ist. Er hat nicht tatsächlich mehr Geld ausgegeben. Ich sage Ihnen einfach zwei Beispiele. Als wir das Geld für den Mannschaftswagen der Feuerwehr am Anfang nicht genehmigt bekommen haben, da hat er gesagt: ›Leute, wenn die uns das Geld nicht geben wollen, dann kaufen wir uns den Wagen eben selber.‹ Solche Sachen eben. Oberflächlich könnte man das dem Alkoholkonsum zuschreiben, weil er jedesmal beim Würfelabend nach ein paar Bier damit anfing. Aber dafür kennen wir uns zu gut.

Als es um die Kosten für unseren Rechtsanwalt ging, Sie wissen schon, in der Sache Golfpark, da hat er ganz klar gesagt, dass er den Anwalt bezahlt, wenn die Gemeinde durch diese Zahlungen ernstlich in Schwierigkeiten kommen würde. Glücklicherweise ist nichts davon eingetreten. Der Mannschaftswagen für die Feuerwehr wurde genehmigt und die Zahlungen für unseren Anwalt sind auch kein Problem, rechtlich steht er uns zu, auch wenn manche Leute das gerne anders darstellen. Aber dabei hat er nicht angegeben, so war das nicht. Und dass es ihm ernst war, haben wir daran gemerkt, dass er jedesmal betont hat, dass für den kleinen Michael, den Sohn seiner Schwester, trotzdem noch immer genügend übrig bleiben würde. Aber wir haben uns keine Gedanken gemacht. Ich sagte Ihnen ja schon, Martin war grundsolide, er hatte einiges gespart«, versicherte Bewler.

»Warum, glauben Sie, war er so großzügig?«, fragte Meiner.

Bewlers Gesicht zeigte eine Spur von Überraschung, als Meiner das fragte. Schließlich antwortete er:

»Das können Sie wahrscheinlich nicht verstehen. Für Martin bedeutete das Dorf und unsere Dorfgemeinschaft alles. Er war in sämtlichen Vereinen. Die Feuerwehr war sein Steckenpferd. Das werden Ihnen viele im Dorf bestätigen können. Deshalb haben wir uns keine Gedanken über seine Vorschläge gemacht. Er hat es ernst meint. Und ob Sie das jetzt glauben oder nicht, das hat uns alle beruhigt. Und die Sache mit dem Golfparkprojekt, die hat ihn fürchterlich aufgeregt. Er hat immer gesagt, wir brauchen einen guten Anwalt, sonst ziehen die uns wieder über den Tisch. Und aus heutiger Sicht kann ich Ihnen sagen, er hatte recht.«

Es war 19.30 Uhr, als sie bei Margareta Nednil klingelten. Sie öffnete ihnen die Tür, in der einen Hand eine Lesebrille und eine Zigarette, in der anderen das Telefon, und winkte sie hinein. Sie war mittelgroß, um die vierzig und hatte dunkles, kurzes Haar. Sie wirkte niedergeschlagen, ihr Gesicht und die Augen waren gerötet.

»Kommen Sie doch herein. Bernhard hat Sie schon angekündigt. Er sagt, Antonia ist auch ermordet worden!«

Die Fassungslosigkeit stand ihr im Gesicht geschrieben. Abrupt drehte sie sich um und führte die Kriminalbeamten in ein geräumiges, gemütliches Büro und bot ihnen an, sich zu setzen. Neben einigen Stühlen, zwei Tischen und dem Computer wurde das Büro von Kinderzeichnungen dominiert. Die größte Zeichnung war ein DIN-A3 Blatt mit einer großen Sonnenblume. Daneben hing ein DIN-A4 Blatt, welches ebenfalls ein Blumenmotiv zierte. Die wenigen Regale schienen sich den Kinderzeichnungen angepasst zu haben und nicht umgekehrt. Es fiel auf, dass der oder die kleinen Künstlerinnen eine Vorliebe für die Farben Gelb und Rot hatten. Am Fenster standen zwei zirka 50-jährige Männer, die Margareta Nednil als Jonas Marp, erster Vorsitzender des Gemeinderats von Temmels, und Theo Hof, zweiter Vorsitzender des Rats, vorgestellt.

»Wo soll das noch hinführen? Das ist alles so sinnlos«, sagte sie resigniert. Sie legte die Lesebrille und das Telefon auf den Schreibtisch und versuchte sich hinzusetzen, was gar nicht so einfach war.

»Ich muss meinen Fuß hochlegen. Ich bin am Sonntag beim Laufen umgeknickt. Die Schwellung geht einfach nicht richtig zurück. Na ja, ich belaste den Fuß wahrscheinlich immer noch zu viel.« Es klang erschöpft.

Jonas Marp hatte ein Sprudelglas in der Hand, bot den beiden Kommissaren ebenfalls etwas zu trinken an und nahm dann auch Platz. Nachdem auch Theo Hof sich wieder hingesetzt hatte, stellte Meiner die erste Frage: »Haben Sie einen Verdacht, wer einen Grund gehabt haben könnte, Martin Anton und Antonia Dinello umzubringen?«

»Mit einem konkreten Verdacht kann ich nicht dienen, nein«, erwiderte Margareta Nednil, während sie unbewusst ihre Kette, ein Lederriemen, an dem ein Tigerauge befestigt war, hin und her zog. »Weder Martin noch Antonia sind meines Wissens nach irgendwie in Schwierigkeiten gewesen. Ich habe das letzte Jahr sehr viel Zeit mit den beiden verbracht. Am Sonntag Morgen war ich noch mit Antonia laufen. Sie war wie immer. Nein, ich kann mir beim besten Willen nicht erklären, was hier in Temmels zur Zeit passiert. Vielleicht will ich es aber auch gar nicht wissen.« Sie drückte ihre Zigarette im Aschenbecher aus, obwohl sie erst zur Hälfte abgebrannt war und zündete sich sofort eine Neue an.

»Wenn wir das richtig verstanden haben, waren sie alle engagierte Gegner des Projektes ›Golfpark‹?«, begann Renn.

»Ja, aber nicht nur wir drei. Wir sind eine Kerngruppe von zirka zwanzig, neben ungefähr dreihundert Temmelsern, die ebenfalls gegen das Projekt sind und das auch schriftlich kundgetan haben. Die Unterschriftenliste liegt dem Bürgermeister vor. Und da waren Antonia und Martin auch dabei«, antwortete Theo Hof.

»Sehen Sie eine Verbindung zwischen den Morden und dem Engagement der beiden Opfer gegen das Projekt?«, fragte Meiner.

»Ein Mord verschiebt die Prioritäten«, warf Margareta Nednil ein, so, als hätte sie die Frage überhaupt nicht gehört. »Auf einmal ist alles so anders. Wissen Sie, was das Schlimme ist?« Sie wartete erst gar nicht auf eine Antwort. »Das Schlimmste ist die Endgültigkeit. Tot. Einfach weg. Das ist nicht auszuhalten.«

Renn war nicht entgangen, dass sie um Fassung rang.

»Wissen Sie«, fuhr sie fort, »Martin und ich, wir sind seit Jahren im Rat. Das verbindet. Und Michael. Der Junge wird ihn vermissen. Er hat oft die ganzen Ferien bei seinem Onkel verbracht. Und Antonia, Antonia war etwas ganz Besonderes«, fügte sie leise hinzu.

»Ich bin seit Jahren mit Bernhard Bewler kommunalpolitisch tätig. So einen enormen Druck, so viele Halbwahrheiten wie in den letzten beiden Jahren, habe ich noch nie erlebt, das können Sie mir glauben. Ich kann Ihnen ihre Frage nicht beantworten«, sagte Jonas Marp mit Nachdruck, »aber ich kann Ihnen sagen, dass mich der Stil dieser Auseinandersetzung zwischen Golfparkbefürwortern und Golfparkgegnern anwidert. Bernard sagte, Sie haben sich die wichtigsten Unterlagen mitgenommen. Dann können Sie sich ja selbst ein Urteil bilden. Ich brauche frische Luft.«

Er stand abrupt auf, öffnete das Fenster und fuhr dann fort:

»Trotzdem weigere ich mich zu glauben, dass die Morde etwas mit der Golfparkgeschichte zu tun haben.«

»Ich weiß auch nicht mehr, was ich denken soll. Ich bin leider genauso ratlos wie alle meine Fraktionskollegen. Wir haben seit Martins Tod kein anderes Thema mehr. Ich traue den Befürwortern des Projekts wirklich allerhand zu. Aber einen Mord? Nein, das glaube ich nicht«, antwortete Theo Hof. »Jonas hat Recht. Das kann gar nicht sein. Aber die Selbstverständlichkeit, mit der vor allem die Verbandsgemeinde versucht, uns zu übergehen, die ist ungeheuerlich. In einer Demokratie zählt die Mehrheitsmeinung, sollte zählen, besser gesagt. Wir werden nicht gehört, einfach nicht gehört. Und jetzt sind Martin und Antonia tot. Wer tut so etwas? Die Morde sind mit gesundem Menschenverstand nicht zu erklären, soviel steht fest.«

Theo Hof stand auf und ging ebenfalls zum Fenster.

Margareta Nednil drückte auch die zweite Zigarette aus, fixierte Meiner und sagte:

»Ich schätze, Sie sind in meinem Alter. Aber ich fühle mich, als wäre ich hundertachzig Jahre alt. Schon mal was von Entmündigung durch Wohlwollen gehört, Herr Kommissar? Das ist genau das, was man hier mit der Gemeinde Temmels seitens der Verbandsgemeinde versucht durchzuziehen«, sagte sie bestimmt, und dann, übergangslos: »Und Gabriella und Francesca, mein Gott!« Sie legte die Hände vors Gesicht und fing leise an zu weinen. Renn war inzwischen aufgestanden und legte seine Visitenkarte auf den Tisch. »Wenn Ihnen noch etwas einfällt, rufen Sie einfach an. Nachts werden sämtliche Gespräche zu meinem Kollegen und mir weitergeleitet. Oder kommen Sie hoch zum Bürgermeister. Wir haben uns in der Erdgeschosswohnung einquartiert, tagsüber ist einer von uns immer da.«

Als Renn zur Tür hinausging, sagte Margareta Nednil:

»Martin hätte jetzt gesagt, so dicke kann es gar nicht kommen. Und hier hätte er sich zum ersten Mal wirklich geirrt.«

## Donnerstag, 29. Mai 2008 - 8.00 Uhr
## Büro des Verbandsbürgermeisters, Konz

»Wie am Telefon schon gesagt, Herr Schichtel, wir ermitteln in zwei Mordfällen«, sagte Meiner spürbar ungeduldig. Sie befanden sich im Büro des Verbandsbürgermeisters der Verbandsgemeinde Konz. Und dieses Mal konnte Renn Meiners Ungeduld verstehen. Sie versuchten seit einer halben Stunde, den Verbandsbürgermeister zu befragen. Dieser antwortete auch, nur ohne wirklich etwas zu sagen. Die Fragen beantwortete er pflichtschuldigst und so knapp wie möglich.

Den Kommissaren machte der Schlafmangel zu schaffen, denn mehr als drei Stunden hatten sie beide nicht geschlafen, da sie sich bis zum frühen Morgen in die Akten des Golfparkprojekts vertieft hatten. Renn hatte es trotz der späten Stunde noch geschafft, den Rechtsanwalt der Ortsgemeinde Temmels telefonisch zu erreichen, um sich einige Fragen bezüglich des Projekts beantworten zu lassen. Der Anwalt hatte seine Fragen ausgesprochen höflich und ausführlich beantwortet. Auf Renns Schlussfrage, ob er sich vorstellen könnte, dass der Mörder aus dem Kreis der Projektgegner oder Projektbefürworter kommen könne, musste der Anwalt jedoch passen. Jetzt standen sie hier im Büro des Verbandsbürgermeisters, der ihnen weder einen Stuhl, noch einen Kaffee angeboten hatte.

Georg W. Schichtel war mittelgroß, schlank und wirkte gut trainiert. Er hatte glatte, dunkelblonde Haare und eine moderne Kurzhaarfrisur. Der Anzug war auch nicht gerade der billigste, ebenso ließen die Auswahl der Krawatte und der Schuhe darauf schließen, dass sein Träger Wert auf gute Kleidung legte. Alles wirkte teuer, auch das unauffällig an beiden Ohren befindliche Hörgerät. Er hatte weit auseinanderstehende grau-grüne Augen. Seine linke Wange war mit einem großen Pflaster bedeckt, das bis zum Ohr reichte. Zusätzlich trug er eine Halskrause und den linken Arm in einer Schlinge. Seine Sekretärin, die es überhaupt nicht lustig fand, den Chef unangemeldet zu überfahren, wie sie den Besuch der Kommissare einordnete, hatte ihnen erklärt, dass heute sein erster Arbeitstag sei. Der Verbandsbürgermeister sei am 21.05.2008 mit dem Fahrrad gestürzt und erst gestern abend aus dem Krankenhaus entlassen worden.

Mit anwesend im Raum war Lucien Klenscher. Da Renn die Liste der Ratsmitglieder der Ortsgemeinde Temmels durchgegangen war, wusste er, dass Klenscher zu der Fraktion der Befürworter des Projekts auf dem Fellericher Plateau gehörte. Lucien Klenscher war ebenfalls mittelgroß, aber etwas untersetzt. Er hatte leicht gewelltes, dunkelblondes kurzes Haar. Er trug eine Jeans, Turnschuhe und ein verwaschenes T-Shirt. Auf dem Stuhl neben ihm lag eine rote Baseballkappe. Altersmäßig war er schlecht einschätzbar, irgendwo zwischen zwanzig und dreißig. Der Mann hatte ihm bisher nicht offen in die Augen geschaut und auch nur auf Aufforderung von Schichtel gesprochen. Seine ganze Körpersprache verriet Abwehr. Die Beine gekreuzt und die Arme verschränkt saß er auf der Seite.

»Ja, ja,« sagte Schichtel, genauso ungeduldig. »Das haben Sie mir doch schon am Telefon gesagt. Und ich habe ihnen gesagt, dass ich damit nichts zu tun habe. Und warum ich für das Golfparkprojekt bin, habe ich Ihnen soeben erklärt. Herr Klenscher ist Mitglied des Rats in Temmels. Wir hatten für heute einen Termin vereinbart und ich habe ihn, wie Sie am Anfang unserer Unterhaltung ja mitbekommen haben, gebeten, bei unserem Gespräch dabei zu sein. Da heißt es, unsere Jugend sei nicht politisch interessiert. Herr Klenscher ist der lebende Beweis, dass das nicht stimmt. Ein vielversprechender junger Mann, von dem man noch viel hören wird. Nun, wie er Ihnen vorhin versucht hat klar zu machen, gibt es sehr wohl Ratsmitglieder, die ganz klar für das Projekt ›Golfpark‹ sind. Die nicht heute hüh und morgen hott sagen. Die der Gemeinde keine unnötigen Anwaltskosten zumuten wollen. Und ich weiß ehrlich gesagt immer noch nicht genau, was die Mordkommission mit dem Golfparkprojekt zu tun hat. Das wird ja immer schlimmer«, fügte er noch hinzu und trank einen Schluck Kaffee.

»Was wird immer schlimmer?«, fragte Meiner.

»Es wundert mich gar nicht, dass man Sie zu mir geschickt hat. Mein Gott, da versucht man, etwas für die Gegend zu tun, versucht, die Wirtschaft in Gang zu halten, und was passiert? Umweltschützer und besorgte Bürger«, wobei er das Wort besorgte Bürger dehnte, »legen einem Steine in den Weg. Anstatt sich zu freuen, dass unsere luxemburgischen Mitbürger hier investieren wollen. Es geht hier nicht um ein Trinkgeld. Um die paar Autos mehr kümmern wir uns schon. Etwas Vertrauen sollten die Bürger doch wohl zeigen können, oder sehen Sie das anders?«

Weder Renn noch Meiner gingen auf die Frage ein. Schichtel war ihnen als extrem ungeduldig, aber tatkräftig beschrieben worden. Dieser Beschreibung machte er zumindest im Augenblick alle Ehre. Da der Verbandsbürgermeister offensichtlich nicht willens war, ihnen einen Stuhl anzubieten, beschloss Renn sich ohne Aufforderung zu setzen. Er war einfach zu müde. Meiner schloss sich ihm umgehend an.

»Heißt das, dass nicht alle so begeistert von den geplanten Investitionen der luxemburgischen Mitbürger sind?«, machte Meiner einen neuen Versuch.

»Das ist nur eine ganz kleine Gruppe von Temmelsern. Die ewig Gestrigen. Es ist ein Vertrag unterschrieben worden. Richtig ist, dass die Ortsgemeinde Temmels ihn nicht verlängert hat, aber ich bin mir mit den oberen Behörden einig, dass man ein so einmaliges Projekt nicht wegen einer einzelnen kleinen Gemeinde ad acta legt. Wir werden eine Lösung finden.«

Dass er mit dieser Lösung den Fortgang des Projekts meinte, war offensichtlich.

»Meine Meinung haben Sie soeben gehört«, fuhr er fort, während er gleichzeitig einige auf seinem Schreibtisch liegende Papiere unterschrieb.

»Ich halte das Projekt für zukunftsweisend. Das Feriendorf lohnt sich schlicht und ergreifend für die Investoren nicht. Wer könnte Ihnen da verdenken, dass sie sich nach etwas Anderem umschauen. Schließlich muss es sich für diese Leute auch rentieren. Und Bauland ist an der ganzen Obermosel knapp. Und nochmal, ich halte es für ausgeschlossen, dass die Morde etwas mit dem Golfparkprojekt zu tun haben. Und dieses ganze Gejammere, dass die Gemeinden nicht richtig informiert waren! Mit was man sich alles befassen muss! Ja, Temmels stellt mit über einhundert Hektar den Hauptanteil des Grund und Bodens, auf dem das Projekt realisiert werden soll. Ja, es gibt die verfassungsrechtlich geschützte Planungshoheit einer Gemeinde, ja, man kann die Temmelser nicht zwingen und ja, den Grundstückseigentümern wurde das Land nicht als Bauerwartungsland abgekauft. Aber die Bauern haben es verkauft. Wer würde denn ohne das Projekt auf dem Fellericher Plateau hektarweise Land kaufen? Sehen Sie, besser den Spatz in der Hand als die Taube auf dem Dach. Anscheinend können die Leute nicht lesen. Steht alles in den Verträgen. Wir haben nichts zu verbergen. Wir werden eben so lange verhandeln, bis es klappt. Um mit den Worten von Herrn Klenscher zu schließen«, Schichtel zeigte mit einer Geste zu Lucien Klenscher rüber, »mehr habe ich dazu nicht zu sagen.«

Offensichtlich war er der Meinung, dass die Unterredung beendet sei. Er legte die Mappe mit den unterschriebenen Papieren zur Seite und stand auf.

»Gestatten Sie noch eine Frage, Herr Schichtel«, schaltete Renn sich ein. »Was passiert, wenn die Gerichte der Ortsgemeinde Temmels Recht geben und feststellen, dass auf dem Plateau überhaupt nicht gebaut werden darf?«

»Jetzt kommen Sie nicht damit. Das ist doch alles Quatsch. Ich möchte mich nicht wie andere Politiker dauernd wiederholen müssen. Wie ich schon sagte, wir werden verhandeln bis es klappt. Mein Nachfolger, der im Oktober hier die Geschäfte übernimmt, sieht das übrigens genauso. Guten Tag meine Herren.«

In diesem Moment klingelte Renns Handy. Er nahm das als Anlass sich zu verabschieden.

Im Auto stellte Meiner sich den Beifahrersitz so weit wie möglich nach hinten und versuchte sich zu strecken, was an der Länge seiner Beine scheiterte. In halb liegender Position sagte er mit geschlossenen Augen:

»Diagnose Schlafmangel, man wird einfach älter. Der Verbandsbürgermeister scheint ja sicher zu sein, dass er das hinkriegt. Aber daraus jetzt ein Mordmotiv herzuleiten ist zu gewagt und noch schwerer zu beweisen, würde ich sagen. Und Ungeduld ist nicht unbedingt eine Charakterschwäche«, fügte er grinsend hinzu.

»Nach meinem Gespräch gestern Abend zu urteilen haben die Temmelser einen hervorragenden Anwalt, Fachanwalt für Verwaltungsrecht, wie es so schön heißt. Wenn ich also der Argumentation des Anwalts folge, die verfassungsmäßig garantierte Planungshoheit der Gemeinde nicht angetastet werden kann und der Gemeinderat bei seiner Ablehnung des Projekts bleibt, ist auf dem Plateau nichts zu machen. Aber klappern gehört ja bekanntlich zum Geschäft, auf beiden Seiten. Außerdem hat Schichtel sowohl für Dienstagabend als auch für Donnerstagabend ein Alibi. Wie du gehört hast, war er im Krankenhaus. Heute ist sein erster Arbeitstag.«

»Und zitiert als erstes Herr Klenscher zum Rapport. Zielorientiertes Arbeiten nennt man das wohl. Klenscher war wohl etwas nervös. Dieses ständige Wippen mit dem Fuß und geredet hat er nur nach Aufforderung. Was Schichtel an Selbstbewusstsein zu viel hat, hat Klenscher offensichtlich zu wenig«, fügte Meiner hinzu.

»Hat seine Leute offensichtlich gut im Griff, der Verbandsbürgermeister«, antwortete Renn. »Interessant fand ich auch, dass er glaubt, dass uns jemand geschickt hat. Und warum schließen sowohl Klenscher als auch Schichtel mit den Worten: ›Mehr habe ich dazu nicht zu sagen?‹ Wollen sie nicht, können Sie nicht oder dürfen sie nicht mehr sagen? Na ja, das war übrigens Margareta Nednil. Sie hat sich für gestern Abend entschuldigt und bittet um unseren Besuch.«

Es war kurz vor 10.00 Uhr, als sie wieder Margareta Nednil in ihrem Büro gegenübersaßen. Sie bot Pfefferminztee aus dem eigenen Garten an, den die Kommissare dankend annahmen. Ihr Fuß war noch dicker geworden, aber ihre Augen und ihr Gesicht waren nicht mehr so gerötet. Sie sah deutlich gefasster aus als am Vortag. Unter dem Schreibtisch lag ein junger Schäferhund, der zur Begrüßung lediglich den Kopf hob, um dann weiterzuschlafen. Im Aschenbecher zählte Renn fünf bis zur Hälfte gerauchte Zigaretten. Margareta Nednil drückte gerade die sechste aus.

»Ich schaffe es einfach nicht. mit dem Rauchen aufzuhören. Soll ja was mit dem Charakter zu tun haben. Das ist übrigens Germanikus«, sagte sie und streichelte dem Hund liebevoll über den Kopf. »Ein ganz Lieber, noch sehr jung. Im Augenblick würde er für ein Stück Wurst wahrscheinlich noch mit jedem gehen, aber das wird sich ganz sicher noch ändern. Er ist sehr talentiert. Wissen Sie, ich lebe alleine, kein Mann, keine Kinder. Ich fühle mich mit einem Hund im Haus einfach sicherer.«

»Haben Sie denn Grund, sich unsicher zu fühlen?«, fragte Meiner.

Margareta Nednil sah Meiner an und sagte:

»Ich weiß es nicht. Ich weiß gar nichts mehr. Ich habe die halbe Nacht nicht geschlafen. Bitte«, sagte sie eindringlich, »Sie müssen das stoppen!«

»Haben Sie einen Verdacht, Frau Nednil?«, fragte Renn direkt.

»Nein. Nur ein ungutes Gefühl, so als ob das hier noch lange nicht alles ist. Wissen Sie, was Ässhäk bedeutet?«, fragte sie übergangslos. Sowohl Renn als auch Meiner schauten sie fragend an.

»Ässhäk ist ein Wort aus der Sprache der Tuareg. Die Tuareg beschreiben mit diesem Wort ihren Respekt vor anderen Menschen und vor der Natur. Wie Sie wissen, leben die Tuareg in der Sahara. Wenn sie die Gesetze der Wüste nicht respektieren, sind sie verloren. Und genau das passiert im Moment hier in Temmels. Ich weiß nicht, wer für die Morde an Antonia und Martin verantwortlich ist, aber der Täter hat den Respekt vor den Menschen verloren. Aber keine Angst, deshalb habe ich Sie nicht angerufen. Ich wollte Sie darauf aufmerksam machen, dass die Morde zusammenfallen mit zwei wichtigen Entscheidungen, die das Ende des Golfparkprojekts bedeuten. Vielleicht ist das ja wichtig.« Sie spielte unbewusst mit ihrer Kette, so wie sie es auch beim ersten Gespräch schon getan hatte.

Erwartungsvoll schauten Renn und Meiner sie an.

»Eine wichtige Stellungnahme ist bereits verfasst worden. Und zwar von der SGD-Nord, der Struktur- und Genehmigungsbehörde Nord. Das ist die Aufsichtsbehörde in Koblenz. Dort wurde in einer Besprechung im März ganz klar festgehalten, dass unabhängig von dem zwischen den Gemeinden und den Investoren geschlossenen Vertrag die Folgebelastungen eines solch riesigen Projekts wie es auf dem Fellericher Plateau geplant war, bewältigt sein müssen, bevor das Projekt weitergehen kann. Das ist wichtig!«, sagte sie mit Nachdruck. »Bevor ein Bebauungsplan vorgelegt und umgesetzt wird! Das heißt im Klartext: da keine Ortsumgehungsstraße für Temmels geplant ist, ist das Projekt nicht genehmigungsfähig, weil die Verkehrsbelastung für Temmels ohne die neue Straße viel zu hoch ist. Und zwar völlig unabhängig davon, ob es sich um Ferienhäuser oder Baugrundstücke handelt. Das ist ganz klar so gesagt und schriftlich fixiert worden. Ebenso ist die Wasserproblematik noch nicht einmal im Ansatz geklärt, was ebenfalls ein Grund ist, das Projekt im Mülleimer versinken zu lassen.«

Margareta Nednil hatte ruhig und sachlich gesprochen. Sie hatte aufgehört, mit ihrer Kette zu spielen und schenkte den Kommissaren Tee nach.

»Die andere Entscheidung, die in den nächsten Wochen zu erwarten ist, ist die Auflösung des Planungsverbands und die damit zusammenhängende Feststellung, dass keine übergeordnete Behörde die Planung übernehmen kann. Auch nicht die Ministerien. Die Juristen nennen das verfassungsmäßig geschützte Planungshoheit der Gemeinden. Das wiederum bedeutet, wenn die Ortsgemeinde Temmels nicht will, läuft nichts, gar nichts. Nur wird das natürlich nicht so in die Öffentlichkeit transportiert. Die Medien sind taub, die Protagonisten des Projekts sprechen nicht darüber, wir werden als unglaubwürdig hingestellt. Und diese gezielte Desinformation hat System. Denn ohne Informationen sind die Menschen bekanntlich leichter zu manipulieren und leichter einzuschüchtern. Und Einschüchterungen und Desinformationen begleiten dieses Vorhaben von Anfang an. Ich gehe sogar so weit zu behaupten, dass sie die Voraussetzung dafür waren, dass dieses Projekt überhaupt so weit gedeihen konnte.«

»Das heißt im Umkehrschluss aber auch, wenn die Ortsgemeinde Temmels sich einverstanden erklärt hätte ...«, Renn schaute Margareta Nednil fragend an. Sie zündete sich eine weitere Zigarette an und sagte:

»Genau, Herr Kommissar. Wo kein Kläger, da kein Richter. Dann würden, ohne dass die rechtlichen Voraussetzungen erfüllt und ohne dass die Folgebelastungen für Temmels bewältigt gewesen wären, die ersten Bauherren wahrscheinlich schon eingezogen sein und der Golfplatz und das Hotel wären vielleicht schon pleite, sodass dann noch mehr Bauland zur Verfügung stehen würde. Geld, Profit, nennen Sie es, wie Sie wollen, ist bekanntlich eine starke Triebfeder. Und das grenzübergreifend.«

»Also sind Sie doch davon überzeugt, dass das Projekt auf dem Fellericher Plateau mit den Morden zusammenhängt?«, fragte Renn.

»Wissen Sie, vor einer Woche, da befand ich mich hier in Temmels, in einem kleinen Dorf. Wir hatten etwas Stress, ja, aber mit Hilfe unseres Anwalts, der uns zum ersten Mal wirklich zugehört hat und uns auch zum ersten Mal die rechtliche Situation, unsere Rechte und Pflichten, klar und deutlich erklärt hat, hatten wir alles durchaus im Griff. Heute habe ich das Gefühl, ich lebe in einem fremden Land, mit anderen Gesetzen und einer Sprache, die ich nicht verstehe. Also versuche ich, die Sprache zu lernen, das ist alles.«

**Donnerstag, 29. Mai 2008 - 12.00 Uhr
Renns Büro, Temmels**


»Also«, begann Professor Kaiser. Er saß in der Ecke des Zimmers, in einem großen Ohrensessel, der neben der Kücheneinrichtung als einziges Möbelstück in der Einliegerwohnung gestanden hatte. Da der Sessel etwas überdimensioniert war und Kaiser bezüglich seiner Körpergröße eher unter dem Durchschnitt lag, versank er fast darin. Was ihn jedoch nicht daran hinderte, es sich bequem zu machen. Auf seinem Schoß lag ein großes Stück Pizza, in der Hand hielt er einen Becher Kaffee.

»Hier sind die Ergebnisse der restlichen Tests von Antonia Dinello. Im Wesentlichen alles im normalen Bereich. Keine Auffälligkeiten, keine Drogen, kein Alkohol.«

Er trank einen Schluck Kaffee und sagte dann noch zu Renn:

»Ich bin durchaus deiner Meinung, dass als Täter ebenso gut eine Frau in Frage kommt. Vom Kraftaufwand und von der Vorgehensweise aus durchaus denkbar. Übrigens, die Pizza schmeckt. Gut gekocht.« Er drehte den Kopf Richtung Meiner und deutete grinsend eine leichte Verbeugung an.

Die Sonderkommission FFE-5511 hatten sich zu ihrer täglichen Besprechung in der Einliegerwohnung des Bürgermeisters in Temmels versammelt. Renn und Meiner waren, nachdem sie sich von Margareta Nednil verabschiedet hatten, noch nach Grevenmacher zum Tanken gefahren und hatten Pizza mitgebracht, die Meiner in der kleinen Küche in den Ofen geschoben hatte.

»Die Kollegen vom LKA haben uns auch erhört und den Bericht schon gefaxt«, machte Renn weiter. »An dem Wagen der Dinellos wurden Fingerabdrücke des Opfers gefunden, insgesamt nur wenige. Ebenso von Marco Dinello und von einigen Mechanikern aus der Werkstatt. Was auch nicht weiter verwunderlich ist, da Marco Dinello uns gesagt hat, dass er den Wagen bei den Inspektionen immer innen und außen reinigen lässt. Die mikroskopische Auswertung des Reifens hat ergeben, dass, ich zitiere – an den Schnitt-/Stichkanalflanken nachweisliche, zum Teil auswertbare Werkzeugspuren erkennbar sind. Es kommt aufgrund der Form ein Klingenwerkzeug z.B. Messer, Kuttermesser oder anders geartetes Werkzeug als Spurenverursacher in Frage. Die Bremsleitung war angeritzt, und zwar gerade soviel, dass es eine Zeit lang gedauert hätte, bis die Bremsen völlig versagen. Sonst hat man nichts Auffälliges gefunden«.

Renn hatte Kaiser gerade ein zweites Stück Pizza Salami abgeschnitten, als sein Handy klingelte. Er gab Meiner ein Zeichen weiter zu machen und ging nach draußen.

»Albrecht, noch etwas über den Kangoo, was wir wissen müssen?«, fragte Meiner. Albrecht schüttelte bedauernd den Kopf und antwortete: »Im Wesentlichen nichts, nein. Es wurde an dem Kangoo nicht ein einziger Fingerabdruck sichergestellt. Unsere Techniker waren sichtlich beeindruckt. Muss eine ganz schöne Arbeit gewesen sein, den Wagen so zu polieren. Die Fahrzeugnummer ist unkenntlich gemacht worden. Im Moment wissen wir einfach nicht mehr. Übrigens, die luxemburgischen Kollegen waren sehr kooperativ. Haben parallel zu uns eine Anfrage in Belgien und Frankreich gemacht. Sie haben natürlich von dem Mord an Antonia Dinello gehört und uns ihre Hilfe angeboten. Wenn sie noch etwas erfahren, melden sie sich. Auf der Bank ebenfalls nichts Neues. Die Sekretärin von Dinello hat bestätigt, dass er zur angegebenen Zeit die Bank verlassen hat. Wir waren sogar auf der Tankstelle. Eine Kassierin konnte sich an Dinello erinnern. Das sei der nette Herr, der regelmäßig dienstags zum Tanken komme.«

»Wir haben uns nochmal in der Werkstatt umgehört. Der zuständige Mechaniker ist sich sicher, dass sowohl die Bremsleitung als auch der Reifen noch vollständig in Ordnung waren, als Frau Dinello den Wagen abgeholt hat. Er selbst habe alles vorher nochmal kontrolliert. Ein angeritzter Reifen wäre ihm auf jeden Fall aufgefallen. Das heißt, der Täter muss irgendwann zwischen 19.00 Uhr und 22.45 Uhr auf dem Parkplatz in Tawern gewesen sein, da Frau Dinello sofort dorthin gefahren ist. Wir haben uns umgehört, aber niemand hat etwas Auffälliges gesehen«, fuhr Schmitt fort.

Inzwischen war Renn wieder eingetreten und sagte:

»Das waren zwei Telefonate auf einmal. Die Eltern von Antonia Dinello kommen erst morgen früh, und nicht, wie geplant, heute morgen in Luxemburg an. Genauer gesagt ist es nur ihre Mutter, da ihr Vater am Mittwoch morgen eine schwere Herzoperation hatte und nicht transportfähig ist. Dann hat der Hausarzt zurückgerufen, von dem ich wissen wollte, ob er von dem Konto auf der Bank wusste.«

Renn war inzwischen wieder zu seinem Stuhl zurückgegangen.

»Und, wusste er davon?«, fragte Meiner.

»Nein«, erwiderte Renn, »aber er hatte noch eine interessante Info. Martin Anton hat die Adresse seines Psychologen an Frau Dinello weitergegeben, da sie offensichtlich ebenfalls Hilfe benötigt hat. Auf meine Frage, warum sich Frau Dinello in Behandlung begeben hat, sagte der Hausarzt, das sollen wir mit dem Kollegen selbst besprechen, das sei nicht sein Fach. Frau Dinello habe ihn lediglich um eine Überweisung gebeten. Er habe das respektiert. Der Hausarzt hat mir sofort die Telefonnummer der Praxis gegeben. Ich habe schon telefoniert, die Sekretärin hat versprochen, ihrem Chef Bescheid zu geben und dafür zu sorgen, dass er mich schnellstens zurückruft.«

**Donnerstag, 29.05.08 - 20.00 Uhr**
**Meiners Terrasse, Konz**

Renn trank genüsslich sein Glas Wein leer, stellte es auf den Tisch und sagte:

»Die Befragung der Mitglieder des Gemeinderats Temmels hat auch nichts gebracht. Sie haben alle eins gemeinsam, sie sind ratlos«, stellte Renn fest.

»Ratlos und ängstlich«, pflichtete Meiner ihm bei.

»Die alte Frage, cui bono, wem nützt es?«, fuhr Renn fort. »Es gibt die verschiedensten Motive, warum Menschen töten: Geld, Macht, Gier, Eifersucht, Hass, sexuelle Neigungen. Oder von allem ein bisschen. Herrgott nochmal, was haben wir übersehen? Wir haben nichts Greifbares. Und Jonathan Mennen, den Psychologen, habe ich immer noch nicht erreicht. Scheint ein viel beschäftigter Mann zu sein.«

»Wir drehen uns in der Tat im Kreis. Übrigens, wie findest du den Elbling?«, entgegnete Meiner.

Sie hatten am frühen Nachmittag noch einmal Marco Dinello angerufen. Er hatte sich bei der Bank beurlauben lassen und am Telefon darauf bestanden, zu Fuß zu der Einliegerwohnung zu kommen, da er die Stille im Haus nicht mehr ertragen könne. Sie hatten ihn nochmal nach seiner Meinung zu dem geplanten Projekt auf dem Fellericher Plateau befragt und er hatte ihnen glaubhaft versichern können, dass er wegen dieses Themas keine über das übliche Maß hinausgehenden Meinungsverschiedenheiten mit seiner Frau gehabt habe. Natürlich seien sie hinsichtlich der Wichtigkeit des Projekts komplett verschiedener Meinung gewesen. Sie hätten sich jedoch gegenseitig schon früh darauf geeinigt, in Zukunft jede Entscheidung des Rats, ganz gleich wie diese ausfallen würde, zu akzeptieren. So wichtig sei ihm dieses Vorhaben auch nicht gewesen. Sie könnten gerne Margareta Nednil fragen. Diese könne ihnen das bestätigen. Renn hatte zusätzlich alle anderen Gemeinderatsmitglieder, außer Margareta Nednil, kommen lassen. Lothar Stock, Sprecher der Befürworterfraktion, zeigte sich total beunruhigt. Niemand könne sich die Morde erklären. Einen Zusammenhang mit dem Golfparkprojekt schloss er kategorisch aus. Womit er mit allen anderen anwesenden Ratsmitgliedern einer Meinung war.

Danach waren sie recht früh, gegen 18.00 Uhr, nach Konz gefahren. Sie saßen jetzt auf Meiners Terasse und gingen alles nochmal durch.

Meiner hatte ein Stück kalte Pastete serviert, natürlich mit frischem, selbst gebackenem Weißbrot. Renn genoss Meiners ungeheuer gute Küche, und zwar die von Vater und Sohn. Das Weißbrot hatte Meiners Vater gebacken, der heute wieder mit seinen Wanderfreunden unterwegs zur Grillhütte nach Wiltingen war.

»Der Wein ist sehr gut«, entgegenete Renn. »Wo hast du ihn denn dieses Mal her? Temmels, Nittel? Der letzte, der rote Elbling, war aus Nittel? Und der hier?«

»Es geht nichts über einen guten Elbling. Fruchtig und spritzig, so wie ein Elbling sein soll. Der Wein, den schon die Römer tranken, die älteste deutsche Rebsorte«, schwärmte Meiner. »Nach wie vor ein beliebter Wein. Weißt du eigentlich, dass über einen Forschungsauftrag der europäischen Kommission in den 70er-Jahren versucht wurde, Ersatzrebsorten für den Elbling zu finden?« Meiner wartete die Antwort Renns gar nicht erst ab. »Die haben sich natürlich nicht durchgesetzt, nicht entscheidend jedenfalls. Die Elblingrebe erblühte danach sozusagen in neuem Glanz. Und das Ergebnis trinken wir hier. Hier an der Mosel haben sie wirklich ein gutes Händchen für Wein«, erwiderte Meiner und schaute versonnen auf sein Glas. »Wie heißt noch das Sprichwort: Warum denn in die Ferne schweifen, wenn das Gute liegt so nah?«

Renn winkte ab. Das war typisch Meiner. Er könnte wahrscheinlich mühelos eine geschlagene Stunde nur über guten Wein reden. Ohne Pause selbstverständlich.

»Aber, Herr Kriminalhauptkommissar, um Ihre Frage zu beantworten, dieses Mal ist der Wein aus Temmels«, ließ sich Meiner vernehmen. »Vom Elblinghof Temmels. Vor vierzehn Tagen war dort das alljährlich stattfindende Hoffest. Ich musste doch zwischen den verschiedenen Weinsorten einen Vergleich anstellen, rein wissenschaftlich natürlich.«

»Und die Gelegenheit nutzen, um deine Weinvorräte aufzufüllen«, entgegnete Renn trocken.

»Ich lege ein Geständnis ab, erbitte aber mildernde Umstände. Meine Vorräte sind jedenfalls jetzt aufgefüllt«, erwiderte Meiner und übergangslos sagte er: »Der Verbandsbürgermeister hat ja auch nicht gerade dazu beigetragen, die Sache zu entspannen. Die einzige Frage, die ihn offensichtlich irritiert hat, war, warum die Gemeinde einem privaten Investor bei der Baulanderschließung helfen soll. Wobei an die Grundstückseigentümer doch überhaupt keine Bauerwartungslandpreise gezahlt wurden. Da hat er doch ein bisschen gebraucht mit der Antwort«, sagte Meiner.

»Stimmt, und die Antwort war auch nicht gerade eine rhetorische Glanzleistung. Schließlich müsse es vorangehen, mit Temmels und Tawern. Was auch immer das heißt. Nur glaube ich nicht daran, dass das ein Mordmotiv darstellt. Schichtel hat ein Alibi. Die Frage zum hundersten Mal: Wer hat ein Motiv? Ein unzufriedener Grundstückseigentümer? Der fünfzehn Jahre ältere Ehemann? Dinello hat für die Zeit nach 21.03 Uhr bis nach 23.00 Uhr, als wir geklingelt haben, kein Alibi. Aber auch kein Motiv. Irgendjemand außerhalb der Räte? Und wie passt da die Ansicht des Profs rein, der dauernd von Profiarbeit spricht? Hier läuft irgendetwas in dem Dorf, von dem wir bisher nichts mitbekommen haben, davon bin ich überzeugt«, sagte Renn. »Ich hoffe, dass der Psychologe, wie heißt er noch genau ...« Renn suchte nach seinem Notizzettel.

»Jonathan Mennen«, half Meiner aus.

»Danke. Dass Jonathan Mennen uns etwas zu dem Schlagring sagen kann und von wem sich Martin Anton bedroht fühlte.«

Während Renn noch redete, klingelte Meiners Handy.

»Was? Bei wem? Sind schon unterwegs«, sagte er hastig. »Schmitta«, erklärte er. »Auf dem Hof von Bernhard Bewler brennt die Scheune lichterloh.«

Während Renn schon in der Tür war, nahm Meiner sich die Zeit, den Wein noch in den Kühlschrank zu stellen.

Als sie die Schlossruine in Temmels passierten, sahen sie schon linker Hand oben auf dem Berg Rauch aus der brennenden Scheune aufsteigen. Sie bogen an der Kreuzung Kirchstraße-Moselstraße nach links ab und fuhren die Saarburgerstraße hoch, über die Eisenbahnbrücke Richtung Tawern-Fellerich. Den Weg kannten sie inzwischen.

Wie sich herausstellte, war die Scheune nahezu völlig abgebrannt. Es standen nur noch die Grundmauern. Der Feuerwehr war es gelungen, das angrenzende Wohnhaus, das links von der Scheune stand, vor den Flammen zu retten. Vor der Tür des Hauses hatte sich eine kleine Gruppe Menschen versammelt, die heftig diskutierten. Beim Näherkommen sahen sie Bernhard Bewler und einige seiner Fraktionskollegen, seine Frau, ihre Kollegin Manuela Schmitt und einen Feuerwehrmann, der sich ihnen als Wehrführer Hans-Peter Winemann vorstellte. Bei einem ungefähr dreißigjährigen Mann handelte es sich um Bernd Bewler Junior, dem Sohn des Bürgermeisters, wie sich später herausstellte.

Der Wagen der Spurensicherung und der Wagen des Rechtsmediziners standen vor der Einliegerwohnung. Gerade als Renn und Meiner sich umdrehten, sahen sie Kaiser, wie er vorsichtig eine kleine Zinkwanne zum Bestattungswagen brachte. Renns Herz schlug einen Takt schneller. Er hatte sich an einiges in seinem Beruf gewöhnen müssen. Woran er sich jedoch nie gewöhnen würde, waren Kinder, die einem Gewaltverbrechen zum Opfer gefallen waren. Mit einem Gefühl aus Angst und Ohnmächtigkeit ging er schnurstracks auf den Professor zu.

»Was macht die Pathologie hier?«, fragte Renn. Sein Herz fing an zu hämmern. Sein Mund wurde trocken. Er konnte es nicht beeinflussen. Nach all den Jahren immer noch nicht. Er fixierte den Sarg, konnte seine Augen nicht abwenden. Auch Meiners Schritt stockte, als er die kleine Zinkwanne sah.

Bevor Kaiser antworten konnte, meldete sich Kommissarin Manuela Schmitt zu Wort.

»Ich habe die Kollegen gerufen, auch die Spurensicherung. Einer der Feuerwehrleute hatte in der Scheune, unter dem Traktoranhänger, einen kleinen, leblosen Körper gefunden. Der Wehrführer, Hans-Peter Winemann, war total schockiert und hat sofort die Polizei verständigt und die Kollegen dann mich. Der Doc konnte jedoch mit ziemlicher Sicherheit sagen, dass das keine menschlichen Überreste sind, sondern das es ein Tier sein muss. Richtig Prof?«

»Genauer gesagt ein Hund«, bestätigte Kaiser. »Und da die Bewlers keinen Hund haben, liegt die Vermutung nahe, dass es sich um den Dackel von Antonia Dinello handelt. Die Größe hat er in etwa.«

»Möglich wäre das, aber wie kam der Hund in die Scheune? Und dass er den Unfall überlebt hat, ist doch recht verwunderlich, oder?«, warf Meiner zweifelnd ein.

»Wenn es Antonias Hund ist, müsste sein Halsband doch auch da sein«, unterbrach der Wehrführer, der der Unterhaltung gefolgt war. »Du weißt doch, Bernhard. Sie hat ihm doch dieses tolle Halsband gekauft. Wertvoller als der Schmuck meiner Frau«, erklärte er beeindruckt.

»Das kann man so nicht sagen, Bernd. Das hängt davon ab, wo der Hund sich gerade befand, als das Auto den Abhang runter ist«, antwortete Kaiser auf Meiners Frage. »Und etwas Glück war sicherlich auch dabei. Durchaus möglich, dass er sich dann bis hierher geschleppt hat, um seine Wunden zu lecken und dann verendet ist. Lass mich mal machen. Nach der Obduktion kann ich euch wahrscheinlich sagen, ob er vor dem Brand das Zeitliche gesegnet hat.«

Kaiser war schon auf dem Weg ins Auto. »Übrigens«, fügte er während des Einsteigens noch hinzu, »ich habe in der Scheune weit und breit kein Hundehalsband gesehen.«

»Ich lasse die Scheune oder besser gesagt, was davon übrig geblieben ist, nochmal nach dem verschwundenen Halsband absuchen«, antwortete Renn.

Wie die Kommissare hörten, waren die Feuerwehren von Temmels, Nittel, Oberbillig und Konz im Einsatz. Gerufen hatte sie Bernd Bewler Junior, der von Fellerich kommend eigentlich nach Trier fahren wollte. Er hatte jedoch am Vortag seine Jacke bei seinen Eltern liegen lassen, und wollte diese noch mitnehmen. Er hatte die Flammen in der Scheune bemerkt und da er wusste, dass weder sein Vater noch seine Mutter zu Hause waren, hatte er sofort die Feuerwehr alarmiert.

»Eine Viertelstunde später und das Feuer hätte ganz sicher auf das Wohnhaus übergegriffen. Das ging gerade nochmal gut«, sagte gerade der Wehrführer zu Bernhard Bewler.

»Ich brauche jetzt einen Schnaps«, ließ sich Frau Bewler vernehmen. »Greift zu Leute!« Sie stellte ein großes Tablett, beladen mit einer Flasche Mirabelle, einer Flasche Quetsch und einigen Gläsern auf einer kleinen Mauer ab.

»Wir haben in der Scheune zwei Benzinkanister gefunden. Du sagst ja, Bernhard, dass sie nicht von dir sind«, fuhr Winemann fort. »wenn du mich fragst, ganz klar Brandstiftung. Aber die Herren von der Spurensicherung sind wohl da um das abzuklären. So eine Sauerei! Wie gesagt, wenn Bernd uns nicht gerufen hätte.«

»Er kam zufällig vorbei«, ließ sich jetzt Frau Bewler vernehmen. In der rechten Hand hielt sie das leere Schnapsglas, mit der linken fingerte sie an einem unsichtbaren Fussel auf ihrer Jacke herum. »Ich will gar nicht wissen was passiert wäre, wenn Bernd etwas später gekommen wäre. Mein Mann war ja auf der Fraktionssitzung und ich war bei meiner Schwägerin im Dorf. Wer macht so was bloß?« Ängstlich richtete sie ihren Blick auf ihren Mann. Renn vermutete, dass wohl die ganze Fraktion mit zu Bernhard Bewlers Haus gekommen war.

»Darüber zerbreche ich mir schon die ganze Zeit den Kopf, Mama. Irgendjemand hat uns tatsächlich das Dach über dem Kopf angezündet.« Fassungslos schüttelte Bernd Bewler Junior den Kopf. »Seit Anton ermordet wurde, drehen hier anscheinend alle am Rad«, fügte er noch hinzu.

Die Frau zog sich die Kapuze, die ein etwa zwei Zentimeter langes Muttermal von der Form eines Schmetterlings vor dem linken Ohr verdeckte, tiefer ins Gesicht. Sie war zur vereinbarten Zeit vor dem kleinen Kino angekommen. Ein zufälliger Beobachter sah eine junge Frau in Sportkleidung, die verschnaufte und zwischendurch das Kinoprogramm studierte. An ihrer Seite stand unauffällig ein gut gekleideter Herr, der das ebenfalls tat. Die Frau hatte die typische Kleidung eines Joggers angelegt. Trainingshose, Laufschuhe, Kapuzenshirt. In Wirklichkeit wollte sie unerkannt bleiben.

Nur keine Komplikationen. Es hatte zeitlich noch gerade so geklappt. Warum nur hatte sie ihn ausgerechnet heute abend nach Grevenmacher bestellt? Seiner Meinung nach völlig unnötig. Punkt drei war auch erledigt. Es trennte ihn noch ein Punkt. Dann war er frei! Sowohl geschäftlich als auch persönlich. Er sah kein Problem. Er hasste es mit Anfängern zu arbeiten. Zu viele Unsicherheiten. Zu viel Risiko. Und doch musste er es dieses Mal tun. Sie wollten es so. Das war der Preis.

»Was soll das? Wir hatten ausgemacht, keine Treffen bis die Liste abgearbeitet ist. Punkt eins, die Besetzung des neuen Postens, wird kein Problem werden. Die Mehrheiten für die Abstimmung sind gesichert. Punkt zwei, die vereinbarte Geldsumme ist überwiesen. Punkt drei, der erste Kredit ist klar. Punkt vier, der zweite Kredit dauert noch bis morgen. Die Summe ist schließlich beträchtlich größer«, stellte er ungehalten fest.
»Keine Treffen, es sei denn, es gibt ein Problem«, erwiderte sie. »Man macht sich Sorgen wegen des letzten Kredits. Ich soll sagen, der große Kredit soll erst in einigen Wochen laufen, wenn Gras über die Sache gewachsen ist. Wenn mög-

lich, auch über eine kleine Bank. Man will jede noch so kleine Auffälligkeit vermeiden.«

»Dann richten Sie aus, das ist völlig unmöglich. Es ist bereits alles in die Wege geleitet. Sagen Sie Ihren Leuten, sie sollen sich nicht so anstellen. Sie haben Mittel und Wege, einen eventuell bekannten Rechtsbruch in den eigenen Reihen anderes zu bewerten als bei einem Normalbürger. Man kann der Öffentlichkeit schließlich nicht die ganze Wahrheit zumuten, nicht wahr. Es reicht doch völlig aus, wenn die volle Härte des Gesetzes sich gegen die unteren Ebenen richtet«, fügte er herablassend hinzu. »Es bleibt alles wie abgemacht. Punkt vier als letzter Punkt der Vereinbarung wird morgen erledigt. Ich möchte Sie danach nie mehr wiedersehen.«

Sie hatte einen Job zu erledigen, einen sehr lukrativen noch dazu. Und nur diese Erkenntnis hinderte sie daran, ihm sein pseudointelektuelles Geschwafel um die Ohren zu hauen. Aber für Bares konnte man so Einiges ertragen. Sie drehte sich um und joggte weiter Richtung Tankstelle. Der gut angezogene Herr blieb noch eine Weile stehen und ging dann den kleinen Weg am Bach vorbei Richtung Mosel. Es war schon dunkel. Er fragte sich, ob die Freibadsaison bereits eröffnet war.

**Donnerstag 29. Mai 2008 - 21.30 Uhr
Vor Bernhard Bewlers Haus, Temmels**

»Tut mir leid, kein Hundehalsband oder irgendetwas in der Art. Wir sind dann auch weg.« Die Techniker der Spurensicherung waren dabei, ihre Sachen zu packen, ebenso die Feuerwehr.
»Brauchen Sie uns noch? Sonst machen wir Schluss für heute?«, fragte der Wehrführer. »Wir sind keine Berufsfeuerwehr, theoretisch müssen wir alle morgen arbeiten. Wenn Sie keine Einwände haben, würden wir uns gerne verabschieden. Unsere Arbeit ist getan.«
»In Ordnung«, erwiderte Renn. Wenn wir Fragen haben, melden wir uns.«
Es war mittlerweile 21.30 Uhr. Das halbe Dorf war auf Bewlers Hof versammelt. Renn und Meiner wollten sich gerade dem Spurensicherungsteam anschließen, als sie hörten, wie ein etwa 60-jähriger Mann zu Bewler sagte:
»Wenn ich es dir sage, sie macht nicht auf. Wir waren gegen 21.00 Uhr verabredet, ich konnte in Tawern nicht früher weg. Du kennst doch Marga. Sowas vergisst sie nicht. Sie sagte noch, dass sie normalerweise zu eurer Fraktionssitzung unterwegs wäre, aber mit ihrem dicken Fuß, wollte sie sich doch lieber noch etwas schonen. Und wenn sie sich hingelegt hätte, hätte sie mir doch vorher Bescheid gegeben. Ans Telefon geht sie auch nicht. Da stimmt was nicht.«
Sie waren sofort zu Margareta Nednils Haus gefahren und hatten sie gefunden. Tot. Im Flur. Erschossen. Mitten in die Stirn. Ihre Augen waren weit aufgerissen. Ihr Gesichtsausdruck zeigte Erstaunen, keine Angst. In der rechten Hand hatte sie noch die Lesebrille, die Renn von ihren früheren Besuchen schon kannte. Neben der Brille lag eine halb gerauchte Zigarette. Sie hatte ihren Mörder hereingelassen, soviel war klar. Und die Tatsache, dass sie im Haus, genauer gesagt im Flur erschossen wurde, ließ vermuten,

dass sie ihren Mörder auch gekannt hat. Es war anzunehmen, dass sie keinen Fremden abends, nach dem Telefonat mit Karl Winterstein und aufgrund ihres körperlichen und psychischen Zustands ins Haus gebeten hätte. Und sie war noch nicht sehr lange tot. Kaiser sprach von ein, höchstens zwei Stunden. Nach der Rekonstruktion des Pathologen war sie wohl vorgegangen, hatte sich im Gehen umgedreht und war dann aus nächster Nähe erschossen worden. Karl Winterstein, der ebenfalls zu der Gruppe der Golfparkgegner gehörte und mit Margareta Nednil verabredet gewesen war, war, wie sich herausstellte, Mitglied des Verbandsgemeinderats Konz und Mitglied des Gemeinderats Tawern. Er sagte gerade zu Renn:

»Sie fragen mich, ob ich glaube, dass die Morde etwas mit dem Golfparkprojekt zu tun haben? Einen anderen Schluss lässt das doch gar nicht zu!«

Resigniert zeigte er mit der Hand zu dem Wagen des Pathologen, dessen Mitarbeiter gerade dabei waren, die Leiche von Margareta Nednil ins Institut zu fahren.

»Nur sehe ich überhaupt keinen Sinn darin. Die rechtlichen Positionen sind doch völlig klar«, sagte Winterstein entschlossen.

»Marga war so komisch am Telefon. Sie hatte Angst. Sie sagte, sie habe nachgedacht. Du wirst sehen Karl, das war noch nicht alles, hat sie gesagt. Sie wollte heute Abend nicht alleine sein und bat mich zu kommen. Sie weigerte sich beharrlich, am Telefon mehr zu sagen. Ich konnte in Tawern wirklich nicht früher weg«, betonte er nochmals entschuldigend.

Winterstein hatte sich auf der Mauer vor Margareta Nednils Haus niedergelassen. In seinem Gesicht arbeitete es. Der Ausdruck wechselte von Entsetzen über Hilflosigkeit bis hin zu Wut.

»Das ist ein Verrückter, so was macht doch kein normaler Mensch«, polterte er los. Die Umstehenden bekräftigten das.

»Was meinen Sie mit die ›rechtlichen Positionen‹ sind klar?«, fragte Meiner.

»Was ich damit meine?«, Winterstein brüllte fast, so wütend war er. »Wenn irgendjemand glaubt, uns einschüchtern zu können, das ist doch Wahnsinn! So geht das nicht. Ich meine damit, dass die Morde überhaupt keinen Sinn ergeben, wenn sie wegen des Projekts ›Golfpark‹ verübt worden wären. Weder für die Gegner, noch für die Befürworter. Schließlich gibt es Gesetze. Und bekanntlich gelten die für alle. Demokratische Prozesse dauern, aber sie bringen auch gute Ergebnisse. Was sich zur Zeit hier in Temmels abspielt, ist ein Paradebeispiel dafür. Ich habe mir sagen lassen, dass sogar einige Professoren der Uni Trier ihren Studenten anhand dieses Beispiels vermitteln, wie eine Bauleitplanung eben nicht durchgeführt werden soll. Im Kleinen funktioniert die Demokratie nämlich noch!«

Winterstein hatte sehr laut gesprochen, stand von Unruhe getrieben von der Mauer auf und stöhnte:

»Margareta einfach erschossen! Erschossen!«, wiederholte er fassungslos.

Renn hatte den Eindruck, dass mittlerweile wirklich das ganze Dorf auf den Beinen war. Praktisch alle Dorfbewohner, die schon wegen des Brands zu Bewelers Hof gekommen waren, waren jetzt der Polizei zu Margareta Nednils Haus gefolgt. Und zusehends kamen mehr Leute. Neben Winterstein saß die Fraktionskollegin von Margareta Nednil, Sabina Kämmen. Sie war sehr blass, hatte sich bereits mehrmals übergeben und zitterte am ganzen Körper. Sie zeigte auf den Leichenwagen, brachte aber kein Wort heraus. Stattdessen wurde sie von einem Weinkrampf geschüttelt. Neben ihr stand Beate Sonnen, ebenfalls Gemeinderatsmitglied und eine Fraktionskollegin von Marco Dinello, die Sabina Kämmen eine Decke um die Schultern legte. Auch sie war blass und sagte mit zitternder Stimme: »Das ist so furchtbar. Das ist so furchtbar.«

Jens Orn, den Renn schon vom ersten Tatort her kannte war ebenfalls ein Fraktionskollege der Toten. Er sagte wütend:

»Hier ist ein Irrer am Werk! So was macht doch kein normaler Mensch! Stellen Sie uns jetzt alle unter Polizeischutz oder wie soll das jetzt weitergehen?«

Renn wollte gerade etwas erwidern, als er Kaiser winken sah. Renn ging ihm entgegen und der Pathologe sagte: »Was mir aufgefallen ist, die Tote hat ebenfalls einen hellroten Strich, zirka zwei Zentimeter lang und zwei bis drei Millimeter breit, im Genick. Wie bei Antonia Dinello. Der Rest folgt nach der Obduktion. Ich rufe dich heute Nacht noch an.«

**Freitag, 30. Mai 2008 – 8.00 Uhr**
**Renns Büro, Temmels**

Sie hatten mit Hochdruck nachts die Nachbarn befragt. Es war nichts dabei herausgekommen. Niemand hatte irgendetwas Ungewöhnliches gesehen oder gehört. Die Soko FFE-5511 saß geschlossen in Renns Büro, bis auf Oberkommissar Albrecht, der noch mit der Nachbarin von Antonia Dinello, Anna-Maria Bauer, telefonierte. Der Pathologe hatte gerade seinen Bericht beendet, wobei er zu den Daten von gestern Abend aber nichts Wesentliches mehr hatte hinzufügen können. Meiner sagte gerade:
»Fakt ist, das Rad dreht sich immer schneller. Der erste Mord passierte vor sieben Tagen. Danach dauerte es fünf Tage bis zum zweiten Mord. Der Scheunenbrand und der Mord an Margareta Nednil folgten zwei Tage später. Will hier jemand den Gemeinderat ausrotten?«, fragte Meiner.
»Um ihn dann neu zu besetzen?«, fragte Schmitt.
»Sowohl bei Antonia Dinello als auch bei Margareta Nednil sind die Halsketten, die beide fast immer trugen, verschwunden. Wenn wir jetzt davon ausgehen, dass auch das Halsband des Hundes verschwunden ist?«, sagte Renn nachdenklich.
»Du meinst der Mörder hat jeweils eine Trophäe mitgenommen? Wie passt denn da Martin Anton rein?«, fragte Hai.
»Angenommen, der Kangoofahrer war der Mörder. Wir sind immer davon ausgegangen, dass er Martin Anton überfahren wollte, um so den Mord zu vertuschen, aber durch das Streichholz von Friedrich Wald gewarnt wurde und es deshalb nicht getan hat. Wenn er aber vor Martin Anton anhalten wollte, um ebenfalls eine Trophäe mitzunehmen, das Armband zum Beispiel, und um ihn danach zu überfahren?«

»Wobei das ein weiteres Indiz dafür wäre, dass die Morde zusammenhängen«, stellte Schmitt fest.

»Nicht wirklich. Nur scheinbar. Es gibt noch eine Möglichkeit«, sagte Renn.

Alle schauten ihn an.

»Angenommen, sowohl die Trophäen als auch die beiden letzten Morde dienen der Irreführung, der Vertuschung des wahren Motivs, das hinter dem Mord an Martin Anton steckt. Falsche Spuren. Und die Verbindung zum Golfparkprojekt, ebenfalls eine falsche Spur. Winterstein hat es gestern abend sehr deutlich gesagt: Es gibt zur Zeit keinen Grund, weder für die Golfparkgegner noch für die Befürworter, jemanden zu ermorden. Die Rechtslage ist klar.«

Meiner wollte dazu etwas sagen, als die Tür aufging. Oberstaatsanwalt Boss kam herein und stellte ihnen Alessa di Tammino vor, Antonia Dinellos Mutter. Die Ähnlichkeit zwischen Mutter und Tochter war unverkennbar. Die gleichen harmonischen Gesichtszüge, die gleichen Augen. Alessa di Tammino hatte graues, kurzes, gewelltes Haar, war schlank und Renn schätzte sie auf Ende sechzig. Sie trug einen dunklen Leinenanzug, dazu passende dunkle Mokassins und eine große Handtasche. Sie sah erschöpft aus, wirkte jedoch gefasst und selbstsicher. Er war sehr erstaunt, dass sie ein so akzentfreies Deutsch sprach. Wie der Oberstaatsanwalt erklärte, war sie bereits in Trier in der Gerichtsmedizin gewesen und hatte Abschied von ihrer Tochter genommen. Sie bat Renn und Meiner, sie in das Haus ihrer Tochter zu begleiten, da sie sich dort nur sehr ungern alleine aufhalten würde. Sie wolle noch einige Sachen ihrer Tochter einsehen. Offenbar hatte sie sich bereits von Oberstaatsanwalt Boss genau erklären lassen, wer die Ermittlungen leitetete, da sie gezielt Renn und Meiner ansprach. Offensichtlich wusste sie jedoch nicht, dass ihr Schwiegersohn zu Hause war. Bevor Renn antworten konnte, klingelte das Telefon. Nachdem Meiner abgehoben hatte, und dem Anrufer erklärte, dass

Oberkommissar Albrecht im Augenblick keine Zeit hätte, reichte er das Telefon an Renn weiter und sagte:

»Monsieur Doheem, einer der Luxemburger Kollegen. Wollte mit Albrecht sprechen, aber der ist ja noch am Telefon.«

Renn entschuldigte sich bei Alessa di Tammino und ging ans Telefon. Es wurde ein längeres Gespräch, und als er aufgelegt hatte, ging sein Handy. Nachdem er auch diesen Anruf beendet hatte, sagte er nachdenklich zu Alessa di Tammino:

»Bitte entschuldigen Sie, Frau di Tammino. Natürlich begleiten wir Sie gern in das Haus Ihrer Tochter. Wir waren hier so weit fertig. Schmitta und Grön, ihr begleitet uns. Hai, du wartest auf Albrecht und dann setzt ihr beide euch nochmal mit Monsieur Doheem in Verbindung. Lasst euch alles rüberfaxen. Alles.«

Auf die fragenden Blicke von Meiner und den anderen antwortete er nur:

»Das war Jonathan Mennen. Erkläre ich euch später.«

Punkt vier auf seiner Liste konnte er abhaken. Der letzte Punkt. Privat und geschäftlich. Der Plan war aufgegangen. Keine Komplikationen. Das eine mit dem anderen verbinden. Seine Spezialität. Er hatte es geschafft. Er war frei. Endlich.

Marco Dinello hatte gleich beim ersten Klingeln geöffnet. Trotz der frühen Stunde war er offensichtlich schon länger auf. Er trug eine dunkle Jeans und ein weißes Hemd. Wenn er über die Anwesenheit seiner Schwiegermutter überrascht war, ließ er es sich nicht anmerken. Antonia Dinellos Mutter hatte die Anwesenheit ihres Schwiegersohns mit einem knappen Du hier zur Kenntnis genommen und war zielgerichtet ins Wohnzimmer gegangen. Offensichtlich kannte sie sich gut aus. Renn, Meiner, Schmitt, Grön und Marco Dinello folgten ihr.

»Schmitta, Grön, nehmt Herrn Dinello fest. Marco Dinello, ich verhafte Sie wegen des dringenden Verdachts, Martin Anton, Ihre Frau und Margareta Nednil ermordet zu haben.«

Schmitt und Grön waren zwar überrascht aber Pofis genug, Marco Dinello sofort Handschellen anzulegen.

»Das ist doch lächerlich!«, sagte Marco Dinello. Seine Stimme klang ruhig, er machte keine Anstalten sich zu wehren. »Was soll das?«

Auch Meiner war überrascht. Aber noch überraschter war er, als er den Gesichtsausdruck von Alessa di Tammino sah. Er las Zustimmung darin. Klar und deutlich sagte sie: »Kompliment, Herr Kriminalhauptkommissar. Deutsche Gründlichkeit. Kompliment.«

Marco Dinello ließ sich auch durch seine Schwiegermutter nicht beeindrucken. Er hob die Hände mit den Handschellen und sagte:

»Was veranlasst Sie zu einer solchen Schlussfolgerung Herr Hauptkommissar?«

»Ich hatte heute morgen ein sehr aufschlussreiches Gespräch mit unseren luxemburgischen Kollegen. Ihre untergeordneten Verträge und Kredite, wie Sie es genannt haben, Herr Dinello, sind nicht ganz so harmlos, wie Sie es uns dargestellt haben. Eine Spezialeinheit der luxemburgischen Polizei beobachtet seit einem Jahr Ihre Bank und im Speziellen Sie. Sie werden verdächtigt, für die italienische Mafia Geld zu waschen und an Schutzgelderpressungen beteiligt zu sein. Natürlich nicht mehr auf die alte Art: wer nicht zahlt, wird ausgeschaltet. Das machen Sie nur noch in Notfällen. Nein, das geht heutzutage viel subtiler. Sie zwingen italienische Geschäftsleute, Ihre eigenen Landsleute, Schutzzölle zu zahlen. Ihre Spirituosen zum Beispiel bei einem ganz bestimmten Händler zu bestellen, und immer natürlich etwas teurer. Ebenso alle anderen im Gaststättengewerbe benötigten Dinge.

Sie vermitteln Kredite, natürlich auch ein bisschen teurer. So können Sie ungehindert schwarzes Geld weiß waschen und Schutzzölle erheben. Dieses System haben Sie geradezu perfektioniert, wobei Sie sich mittlerweile nicht mehr nur auf das Dienstleistungsgewerbe beschränken. Klassische organisierte Kriminalität. Leider haben Sie in letzter Zeit den Bogen etwas überspannt und sind, warum auch immer, zu gierig und unvorsichtig geworden. Außerdem ist die junge Generation der Italiener, die die Geschäfte ihrer

Eltern übernehmen, nicht mehr bereit zu zahlen. Sie berufen sich glücklicherweise auf die Gesetze und sind bereit, bei der Polizei auszusagen. Damit haben Sie wahrscheinlich nicht gerechnet.«

»Was haben diese Vorwürfe, so absurd sie auch sind, mit den Morden hier in Temmels zu tun?«, fragte Dinello kühl.

»Aufgrund Ihrer, nennen wir es bisherigen beruflichen Erfolge, gelang es Ihnen, ohne Weiteres Ihre Auftraggeber von der Lukrativität des Golfparkprojekts zu überzeugen. Das Projekt eröffnete für Ihre Art von Geschäften ungeahnte Möglichkeiten, wobei Sie die Investoren wahrscheinlich nicht über Ihre wahren Absichten aufgeklärt haben. Sie haben das Interesse der Investoren an Bauland konsequent genutzt. Und die Diskussion, die das Projekt ›Golfpark‹ in der Verbandsgemeinde und speziell in der Gemeinde Temmels entfacht hat, bot Ihnen den Rahmen, um sich endlich Ihrer Frau zu entledigen. Das Golfparkprojekt war Ihr Todesurteil. Sie hatten es schon lange vor, Sie haben nur noch auf die passende Gelegenheit gewartet. Es war Ihnen ein Leichtes, Berufliches und Privates miteinander zu verknüpfen«, antwortete Renn, ließ aber Dinello dabei keine Sekunde aus den Augen.

»Nach dem Telefongespräch mit meinen luxemburgischen Kollegen und dem Psychologen Ihrer Frau, ist mir klar geworden, dass Martin Anton nicht das Hauptopfer gewesen sein konnte. Das war Ihre Frau. Alle anderen Morde dienten letztlich der Verschleierung des wirklichen Motives.«

Marco Dinello stand immer noch, die Hände in Handschellen, aufrecht da. Sein Gesicht zeigte wenig Regung, er wirkte leicht gelangweilt.

»Sie haben sich verkalkuliert, Dinello. Das passiert Ihnen wahrscheinlich nicht sehr oft, aber Sie haben Ihre Frau unterschätzt. Ist doch nicht so gut, wenn man Berufliches und Privates mischt, nicht wahr? Ihre glückliche Ehe, wie Sie es aller Welt glaubhaft machen wollten, lief schon lange nicht mehr rund, Ihre Ehe existierte seit Jahren nur noch auf dem Papier. Ihre Frau war seit drei Jahren in psychologischer Behandlung, was sie gekonnt vor Ihnen verheimlichte. In dieser Zeit, reifte der Entschluss Sie zu verlassen. Die glücklichen Eheleute, bloß eine Fassade. Sie hat Ihnen das unmissverständlich klar gemacht, kurz vor der Abiturfeier Ihrer Töchter. Sie haben sie ein letztes Mal überzeugen können, mit der Aussprache zu warten, bis die Kinder in den Ferien sind. Jonathan Mennen, ihr Therapeut, hat Ihrer Frau davon abgeraten. Aber sie argumentierte, dass es ihr ohne die Kinder wohl leichter fallen würde, Ihnen die ganze Wahrheit zu sagen. Ihre Frau wollte die Abifahrt und die dadurch bedingte Abwesenheit Ihrer Kinder nutzen, um reinen Tisch zu machen. Sie ahnte nicht, dass Sie einen Teil ihrer Geheimnisse schon herausgefunden hatten.«

»Ich bestreite nicht, dass meine Frau und ich uns, sagen wir, auf einer freundschaftlichen Ebene geeinigt haben. Wir wollten beide keine Scheidung. Wegen der Kinder. Antonia hätte niemals die Kinder verlassen. Und jetzt ist sie tot.«

Dinello sagte das ruhig, mit einem Ausdruck von Bedauern im Gesicht und unendlicher Trauer in der Stimme. Seine Schultern sackten nach unten, so, als habe er zuviel zu ertragen.

Nun ließ sich Alessa di Tammino vernehmen, sah ihren Schwiegersohn ruhig an, und ihre Augen blitzten, als sie sagte: »Dovete pagare tutti!«

Langsam, so als müsse sie sich sammeln, drehte sie sich zu Renn um und sagte: »Entschuldigen Sie bitte, Herr Kriminalhauptkommissar. Ich wollte Sie nicht unterbrechen.«

»Wenn ich es nicht besser wüsste. Sie sind ein glänzender Schauspieler, das muss ich Ihnen lassen«, erwiderte Renn, der Dinello wieder im Blick hatte.

»Sie haben Ihre Frau mit den Kindern unter Druck gesetzt, und das seit Jahren. Haben ihr unmissverständlich klar gemacht, dass, wenn sie geht, die Kinder das zu spüren bekommen. Und das hat ja auch eine Zeit lang gewirkt. Nur, je älter die Kinder wurden, desto weniger waren sie als Druckmittel geeignet. Ihre Frau ist Ihnen entglitten, einschließlich Ihrer Kinder. Und das konnten Sie nicht vertragen. Sie brauchen die Kontrolle, die absolute Kontrolle, nicht wahr? Genauso wie Sie es geschäftlich handhaben. Solange jeder macht, was Sie für richtig halten, geben Sie sich großzügig und gelassen. Ihr wahres Gesicht zeigen Sie dann, wenn irgendjemand es wagt, sich Ihren Vorschlägen oder Anordnungen zu widersetzen. Wie Alessandro Punto zum Beispiel, der Pizzeriabesitzer aus der Avenue de la Liberté, der nicht zahlen wollte. Die luxemburgischen Kollegen sind gut. Und sie haben Geduld bewiesen und einen Zeugen gefunden, der bereit ist gegen Sie auszusagen.«

Dinello hob den Kopf. Bei Nennung des Namens von Alessandro Punto war sein Gesicht eine Nuance blasser geworden. Äußerlich ruhig sagte er:

»Herr Hauptkommissar, ich möchte jetzt sofort meinen Anwalt anrufen. Das muss ich mir nicht anhören. Also, Handschellen ab, ich möchte telefonieren.«

Renn beobachtete Dinello genau. Ihm war klar, dass er sich nicht so leicht geschlagen geben würde.

»Sie fragen nicht genug, Dinello. Wollen Sie nicht wissen, welche Beweise wir haben? Ihre Frau wollte Sie verlassen. Ihr Therapeut, der mich leider erst heute morgen anrufen konnte, wusste Bescheid. Laut Aussage von Jonathan Mennen haben Sie Ihre Frau seit Jahren kaltblütig missbraucht. Nicht nur sexuell, auch psychisch. Ihr Faustpfand waren Francesca und Gabriella. Um sie zu schützen, aus Angst, Sie würden den Zwillingen etwas antun, hat Sie sich anfangs nicht gewehrt. Ihre Frau hat wohl mehrmals versucht, mit Ihnen zu sprechen. Aber Sie wollten nichts hören. Die Meinungsverschiedenheiten mit Ihrer Frau nahmen zu. Sie stritten über die Kindererziehung, das Verhältnis Ihrer Frau zum Geld, wegen des Hundes, den sie von Anfang an nicht mochten. Und schließlich auch noch um das Golfparkprojekt. Ihre nach außen zur Schau gestellte Sachlichkeit war eine Maske, eine perfekte zugegebenermaßen. Sie waren wohl früher in Ihrer Ehe schon gewalttätig Ihrer Frau gegenüber, sie hatte Angst vor Ihnen. Aber dann, Dinello, passierte etwas, womit Sie nicht gerechnet hatten: Ihre Frau wollte weg. Antonia Dinello wollte nicht zu einem anderen Mann«, sagte er mit einem kurzen Blick auf seine Kollegen, um sich dann wieder Dinello zuzuwenden.

»Ihre Frau hat wohl schon seit Jahren gespürt, dass sie auch Frauen gegenüber tiefe Gefühle hegte. Es hat, laut Jonathan Mennen, lange gedauert, bis sie sich das eingestanden hat. Und genau das konnten Sie nicht verwinden. Mit einem Nebenbuhler wären Sie wahrscheinlich fertig geworden, aber Ihre Frau lesbisch, das war zuviel.«

Der Gesichtsausdruck von Marco Dinello hatte sich verändert. Hatte er vorher beherrscht und gefasst ausgesehen, glich sein Gesicht jetzt einer Fratze. Hass loderte aus seinen Augen. Aber nur für einen Augenblick. Dann hatte er sich wieder unter Kontrolle.

»Sie haben die Beweise vergessen zu erwähnen«, sagte er äußerlich wieder völlig gelassen.

»Ich sagte vorhin schon, eins nach dem anderen. Als Sie herausfanden, dass Margareta Nednil ihre Nebenbuhlerin war, fassten Sie den Plan, beide zu ermorden. Da kam Ihnen die Auseinandersetzung um das Golfparkprojekt gerade recht. Unsere Theorie kam der Wirklichkeit sehr nahe. Nur dass nicht auf Martin Anton ihr Hauptaugenmerk gerichtet war, sondern auf Ihre Frau. Martin Anton war der Einstieg, um die Spur auf die Golfparkbefürworter zu lenken. Ich nehme an, Sie hätten auf egal wen aus der Fraktion geschossen. Es hat Sie zwar niemand gesehen, aber Sie haben bei allen drei Morden kein sauberes Alibi. Sie kennen alle Beteiligten gut. Sie haben ein Motiv. Ihre Frau wollte Sie mit der Trennung im Beisein ihrer Mutter und ihres Therapeuten konfrontieren. Dazu kam es leider nicht mehr. Bei Ihren Plänen kam Ihnen, wie soll ich es nennen, Ihre berufliche Professionalität und ihre Beziehungen, sehr entgegen. Allerdings haben Sie einen Fehler begangen. Ihr Hass war so groß, dass Sie sich jeweils eine Trophäe mitgenommen haben. Wobei wir wieder beim Thema Macht sind. Noch im Tod wollten Sie die Macht über Ihre Frau haben. Deshalb die Kette, an der Ihre Frau so hing.

Ich habe nochmal mit Andreas Simonek gesprochen. Als er Ihre Frau nicht aus dem Wagen befreien konnte, hat er sich in sein Auto gesetzt und auf die Feuerwehr gewartet. Er konnte den Anblick der Toten nicht ertragen.

Sie konnten sich ausrechnen, dass Ihre Frau am Kreuz die Gewalt über das Auto verlieren würde und waren schon zur Stelle, da Sie wussten, dass Ihre Frau immer zur gleichen Zeit nach Hause kam. Ohne zu zögern, und obwohl Sie nicht so schnell mit einem Retter am Tatort gerechnet haben, haben Sie diesen Moment konsequent genutzt und ihr dort die Kette entrissen, sind dann nach Hause, um uns dann, frisch geduscht, die Tür zu öffnen, bereit, uns den entsetzten, trauernden, aber gefassten Ehemann vorzuspielen. Und schauspielerisch sind Sie begabt, das muss man Ihnen lassen. Wir haben Ihr Entgegenkommen und Ihre strukturierte Vorgehensweise fälschlicherweise ihrem Beruf zugeordnet, nicht ahnend, dass Sie in einer Doppelfunktion tätig sind.«

Meiner hatte dagestanden und zugehört. Es fiel ihm wie Schuppen von den Augen.

»Wo Sie das Halsband gefunden, haben kann ich nur vermuten«, sagte Renn. »Ich nehme an, bei einem ihrer Spaziergänge, weil Sie angeblich die Stille in Ihrem Haus nicht mehr ertragen konnten. Und da Sie, wie der Psychologe von

Ihrer Frau wusste, sogar auf den Hund eifersüchtig waren, haben Sie kurzerhand die Gelegenheit ergriffen und Bernhard Bewlers Scheune angezündet. Nach den Trophäen werden wir jetzt das Haus durchkämmen.«

Wie auf Kommando klingelte es an der Tür. Die Spurensicherung erschien und Renn wies sie ein, nach den verschwundenen Schmuckstücken zu suchen.

»Das können Sie sich sparen«, ließ sich Alessa di Tammino vernehmen. »Diese Kette war nicht nur irgendein Schmuckstück. Sie hat ihr viel bedeutet, und das wusste er. Sogar darauf war er eifersüchtig, genauso wie auf Angelo. Er hasste den Hund. Und warum? Weil er ihn nicht kontrollieren konnte«, sagte sie mit Verachtung in der Stimme.

»Gehen Sie in den ersten Stock, dort gibt es eine kleine Nische, in der steht eine Statue der Jungfrau Maria. Sein Heiligtum. Niemand durfte die Statue anrühren. Angeblich, weil sie so wertvoll ist und er«, dabei zeigte sie mit der Hand auf ihren Schwiegersohn, »den glühenden Marienverehrer gespielt hat. In Wirklichkeit hat er auch die Religion benutzt und verspottet. Er zollt nichts und niemandem Respekt. Er hat die Statue aushöhlen lassen, das ist sein Geheimversteck. Du dachtest wohl, Antonia hat das nicht bemerkt?«

Marco Dinello versuchte auf seine Schwiegermutter zuzustürzen, um sie vom Reden abzuhalten. Aber Grön stoppte ihn mit einem einzigen Schlag in den Nacken. Manuela Schmitt riss ihn gleichzeitig hoch und dann ertönte ein Schuss. Marco Dinello sackte in sich zusammen. Die Kugel hatte ihn mitten ins Gesicht getroffen.

»Sie war unsere einzige Tochter. Sie hat mir immer alles erzählt. Das war ich ihr schuldig. Nur deshalb bin ich gekommen«, sagte sie. Sie drehte die Pistole um und reichte sie Renn. Klar und deutlich sagte sie: »Tun Sie Ihre Pflicht, Herr Hauptkommissar.«

Inzwischen waren die Kriminaltechniker wieder im Raum und hielten triumphierend zwei Ketten und das Halsband von Antonia Dinellos Dackel in den Händen.

**Freitag, 30. Mai 2008 - 16.00 Uhr**
**Polizeipräsidium Trier**

»Ich verstehe trotzdem Marco Dinello nicht. Er hat anscheinend überhaupt nicht damit gerechnet, dass seine Frau ihre Mutter und ihren Therapeuten, von dem er offensichtlich nicht einmal wusste, einweihen würde«, sagte Meiner.

»Er hat sich auf sein Gewaltmonopol verlassen. Jahrelang hat er seine Frau damit in Schach gehalten, sodass er es nicht für möglich hielt, dass sie aus diesem Muster ausbrechen könnte. In seiner Welt gewinnt der Stärkere. Und seine Frau war für ihn schwach, erst recht, nachdem ihm klar war, dass sie eine Frau liebte. Die Bank hat übrigens gleich zwei Spitzenanwälte geschickt, hat mir Monsieur Doheem erzählt. Streiten natürlich die Schutzgelderpressung und Schwarzgeldgeschichten kategorisch ab. Sie weisen sämtliche Vorwürfe von sich und behaupten, Dinello habe in Eigenregie gearbeitet. Er sei immer schon ein Einzelgänger gewesen. Die Bank habe damit nichts zu schaffen«, entgegnete Renn.

»Und Martin Anton scheint wirklich bis vor einem Jahr nichts von dem Geldsegen in Luxemburg gewusst zu haben. Er hat alles seinem Therapeuten erzählt. Anscheinend hat er die Geldzahlungen zwar verwundert, aber ruhig aufgenommen. Und den Schlagring hat er nicht gekauft, weil er sich bedroht fühlte, sondern, Moment, wie hat Mennen sich ausgedrückt? ›Wenn ich dem Unfallverursacher jemals begegne, nehme ich mir die Freiheit zu überlegen, ob ich ihm eine verpasse oder nicht?‹ Deshalb hat er auch nochmal vor einem Jahr mit seinem Therapeuten gesprochen, seine Zweitmeinung eingeholt, wie er es dem Hausarzt gegenüber erwähnt hat.«

»An Selbstbewusstsein hat es Martin Anton offensichtlich wirklich nicht gemangelt«, sagte Meiner beeindruckt.

Sie waren gerade dabei ihr Büro zu verlassen, als ihnen Georg W. Schichtel entgegenkam. Er trug immer noch die Halskrause und den Arm in der Schlinge.

»Herr Verbandsbürgermeister, was verschafft uns die Ehre?«, fragte Renn ehrlich interessiert.
»Ich muss Sie leider enttäuschen, Herr Hauptkommissar. Mein Weg führt mich nicht zu Ihnen. Familiäre Verpflichtungen. Ich muss eine Freundin meiner Nichte abholen und soll sie mit zu meiner Schwester bringen. Eine größere Geburtstagsfeier. Etwas Privatleben sollte einem wohl gegönnt sein, nicht wahr? Da ist sie ja.«
Oberstaatsanwalt Boss kam aus seinem Büro, an seiner Seite seine Sekretärin. Eine junge Frau, groß und schlank, mit mittellangen, glatten, dunkelblonden Haaren. Boss, der einen grauer Aktenordner in der Hand hielt, grüßte gut gelaunt in Richtung Renn und Meiner und sagte:
»Gratuliere, sehr gute Arbeit, meine Herren.«
Er drehte sich zu seiner Sekretärin um und sagte freundlich:
»Das gleiche gilt natürlich für Sie, Frau Weilen. Wirklich hervorragende Arbeit.«
Und zu Schichtel gewandt sagte er:
»Nett von dir Georg, dass du Frau Weilen schon mitnimmst. Grüß bitte Günther von mir. Die Herren Kommissare sind zwar schon fertig, ich brauche aber noch etwas. Lasst mir etwas vom Buffet übrig.«
Die junge Frau bedankte sich für das Kompliment, strich sich die Haare nach hinten und offenbarte vor dem linken Ohr ein etwa zwei Zentimeter langes Muttermal in Form eines Schmetterlings.

## Die Autorin

Gabriela Linden lebt mit ihrer Familie in Temmels an der Obermosel. Veröffentlicht hat sie bisher drei Bücher. Einen »Kinderkrimi« und zwei märchenhafte Erzählungen. Durch Lesungen in den Grundschulen der Region versucht sie das Interesse der Kinder an Büchern zu wecken und sie zum Lesen zu motivieren.

Die Autorin engagiert sich seit Jahren kommunalpolitisch im Gemeinderat ihres Dorfes. Ihre Ideen zum Schreiben findet sie im Alltag und auf Reisen.

Buchveröffentlichungen:

»Okk der Gogger - Kindergeschichten aus Temmels«, Alf 2003 (1. Auflage), Zell/Mosel 2009 (2. Auflage)

»Labskauskönigin Krötlinde und Prinzessin Zickenschön - Ein Märchen vom Rande des Luftmeeres«, Alf 2003

»Prinzessin Lesania vom Wellenkamm und Prinzessin Klassika vom Wasserstrahl - Ein Märchen aus einem Land fern unserer Zeit«, Zell/Mosel 2009